U0097383

古典詩歌研究彙刊

第五輯

龔鵬程 主編

第 **17** 冊

沈德潛《古詩源》研究

鄭莉芳 著

國家圖書館出版品預行編目資料

沈德潛《古詩源》研究／鄭莉芳 著 -- 初版 -- 台北縣永和市：
花木蘭文化出版社，2009〔民98〕

目 2+164 面：17×24 公分
（古典詩歌研究彙刊 第五輯：第 17 冊）

ISBN　978-986-6528-66-8（精裝）
1.（清）沈德潛　2.中國詩　3.詩評　4.傳記

831　　　　　　　　　　　　　　　　　　98001019

ISBN - 978-986-6528-66-8

9 789866 528668

古典詩歌研究彙刊
第五輯　第十七冊　　　　　　ISBN：978-986-6528-66-8

沈德潛《古詩源》研究

作　　者　鄭莉芳
主　　編　龔鵬程
總 編 輯　杜潔祥
出　　版　花木蘭文化出版社
發 行 所　花木蘭文化出版社
發 行 人　高小娟
聯絡地址　台北縣永和市中正路五九五號七樓之三
　　　　　電話：02-2923-1455／傳真：02-2923-1452
網　　址　http://www.huamulan.tw 信箱 sut81518@ms59.hinet.net
印　　刷　普羅文化出版廣告事業
初　　版　2009 年 3 月
定　　價　第五輯 20 冊（精裝）新台幣 28,000 元

沈德潛《古詩源》研究

鄭莉芳 著

作者簡介

鄭莉芳

國立台灣師範大學國文系畢業，國立台灣師範大學國文教學碩士班畢業，中國北京語言大學對外漢語教師培訓班結業。曾任台灣新竹縣立竹北國民中學國文教師，國立竹東高級中學國文教師，韓國外國語大學平生教育院中文講師，韓國首爾DIGITAL 大學中文講師，韓國江南大學中文講師，韓國外國語大學國際地域大學院中文講師，韓國外國語大學中文系講師，韓國外交安保部中文講師。現為韓國外國語大學中文系博士生，遠程韓國外國語大學中國學部教授。著有《兒童中國語》、《高級中國語會話作文》。

提　　要

　　本論文主要是以沈德潛所編選的《古詩源》為研究範圍，針對沈德潛欲「探本溯源，提倡詩教」的詩觀作具體而實際的驗證，進而理解沈德潛詩歌理論的內涵及「溫柔敦厚詩教觀」深刻的意義及對現今詩歌教學上啟發。

　　沈德潛編選漢魏六朝選集，序中就說「既以編詩，亦以論世」，故本論文先就沈德潛所處的時代背景、政治環境及他詩論形成的淵源作一說明，尤其側重沈德潛對其師葉燮在詩歌理論上的繼承與發展，分別從詩歌發展源流、正變之觀念，溫柔敦厚的詩教原則，詩人創作的主觀條件和詩法概述這四部分加以論述，以了解沈氏詩論之基本內涵。

　　沈德潛有鑑於明代七子以來復古模擬之風興起，一方面乃為矯正七子詩論所產生的流弊，另一方面因詩歌自漢魏以下漸失風雅遺緒，沈氏為正詩風，溯詩源，於是從編選古詩中提倡詩教；再者，沈氏對唐以前詩歌之評論，大抵是歸納、引申，甚至在原有的基礎上再加以發揮，然因前人選本所側重的方向不同，沈氏對古詩範圍的界定與王士禎選本的界定不同，在體裁及時代上亦有所差異，所以沈氏欲以其詩歌理論為基礎對古詩進行裁選和批評的工作，因此而有此詩歌選集之產生。本論文亦就《古詩源》在實際編選過程中，沈氏如何選、編、評、論，在此過程中沈氏標準為何？呈現出什麼特色？尤其在評與論上，沈氏有哪些是對前人的繼承？是否對前人之論提出不同的看法等等，本論文即從本選集形式上作析論，運用歸納、分析的方法，就選集外在的形式作具體的分析。

　　另外，沈德潛在《古詩源》的例言，十分清楚而明確的指出各代詩歌的特色及其代表詩人，本論文也從他對歷代各詩家的評論中，去歸納出他對古詩主題的選取傾向和驗證沈氏的詩歌理論，進一步歸納出他的詩教觀、詩史觀和創作觀。

　　最後，綜合具體的形式及內容分析後，提出沈德潛《古詩源》中的批評理論和價值觀對於當時的學者和近代讀者在古詩在鑑賞和創作上的影響和啟發，以及沈德潛《古詩源》對於今日古典詩歌教學的貢獻。

目次

第一章　緒　論

第一節　研究動機

在中國文學批評史的研究上，詩話、序跋、書信和筆記小說向來被廣泛地應用，相對的，詩選詩彙、箋註評點、論詩絕句和讀書筆記等作品往往較不受重視。但在中國古典詩歌的鑑賞和創作學習上，詩歌選集往往比正式詩文評類的文論或詩話等理論性的著作，易爲一般讀者所接受，甚至能廣泛地流傳，以至於影響一時的文風。此乃因選集最大的特色，就在於能去蕪存菁，同時在鑑別及選取的過程中，能看出編選者的觀點，所以選集可以說是抽象批評理論的實踐、具體的文學理論，而相較於純粹理論的文本對於讀者所產生指導和幫助的功能，選集能更具體而有效地提供範例和模式，使讀者得到更直接而明確的欣賞方法。古人編選的詩文集，不但爲我們保存了不少佳篇名作，也使我們更了解他們當代的審美觀點及興趣所在，尤其在篩選篇章、分類整理、評點議論，甚至抄錄刊刻的過程，都向我們展現了編者對詩文的理解及審美尺度，使我們對古代文學觀點的流變發展，有更清楚的視野，這一點在詩歌教學上頗有價值。基於選集有這樣的特性，筆者以中國古代詩歌批評理論完成期〔註1〕的清代爲對象，去觀

〔註1〕張少康在張健《清代詩學研究》的序中將中國古代文學理論批評的

察當時廣泛流傳並具有較大影響力的詩歌選集，從中筆者發現，自宋代以來，詩歌評論呈現出回歸傳統的思潮，並延續到明清時代，而清代的沈德潛可以說成了這個價值觀及實際的創作從發揚、統整到總結的重要人物。沈德潛在詩歌理論方面直接繼承了明七子的格調說和王士禛的神韻說，同時又吸收了錢謙益、葉燮的詩學，在儒家詩學以倫理價值爲核心論上，確立了性情爲尚，兼容格調與神韻的詩學。

　　近年來，學術界對於沈德潛的詩學往往僅將他定位在封建詩學的標籤上，並未予以足夠的重視。﹝註2﹞沈氏的詩歌理論主要呈現於他四部大型的詩選《古詩源》、《唐詩別裁集》、《明詩別裁集》、《清詩別裁集》和一本詩歌評論集《說詩晬語》上，而在他的詩歌選集中，又以《古詩源》和《唐詩別裁集》流傳最廣、影響最大。《古詩源》作爲一本對古詩的欣賞和評鑑方面有極大影響力的古詩選本，不僅蘊涵著沈氏在選編及評鑑上獨到的眼光，更呈現出其重視詩歌發展的歷史根源和詩歌的價值。因此，筆者想藉由《古詩源》的研究，對沈德潛欲「探本溯源、提倡詩教」的詩觀作具體而實際的驗證，進而理解沈氏詩學並不僅僅是爲政治提供服務而已，乃是有其理論基礎和意義的，同時希望重新評估其《古詩源》選集在今日中國古典詩歌欣賞、評鑑及教學上重要的意義，尤其在當今教材開放後，面對毫無範圍又要學生具備基本常識的入學考試，教師在選擇教材上更要突破以往傳統以一本教材的方式，在古典詩歌教學上，可以用有系統又突出各代重點詩人的《古詩源》作爲唐以前詩歌教學的參考書，而且《古詩源》強調詩歌溫柔敦厚的詩教，也可以陶冶學生的性情、行爲。從詩歌教

發展分爲三個重要的時期：先秦以儒家和道家文藝美學思想爲主的奠基期；六朝具體發展批評理論體系的形成期和明末清初對中國古代文學批評理論的總結和新發展的完成期。張健《清代詩學研究》，北京：北京大學出版社，西元 1999 年 11 月第一版，頁 2。

﹝註 2﹞ 如馬亞中的《中國近代詩歌史》（台北市：學生書局，民國 81 年）頁 133，就認爲沈德潛是有意識把文學納入政治軌道，替政治服務嚴重阻礙詩歌的發展。

學的角度來看，《古詩源》是一本值得現代教學者重新評估的選本，因此有值得深入探究的價值。

第二節　研究範圍和研究方法

一、研究範圍

　　筆者以《古詩源》這本詩歌選集為主，主要去探討沈氏對於古詩的詩論觀點。《古詩源》是沈德潛於康熙五十八年完編，雍正三年（西元 1725 年）刻成。由於沈德潛在去世前曾為當時被乾隆皇帝視為多有悖逆語的徐述夔《一柱樓集》寫序，因此被奪回贈官、罷祠削諡，甚至仆其墓碑，所以當時民間《古詩源》的翻刻本甚少，連《四庫全書》也未收入。直至近代，中華書局所編的《四部備要》曾根據雍正三年的原刻本加以排印，西元 1957 年文學古籍刊行社和西元 1963 年中華書局曾兩次以《四部備要》的原型重印單行本，另外還有廣文書局排印標點本、商務印書館國學基本叢書本、世界書局的排印本及華正書局王蒓父箋註本，本論文所採用者為世界書局西元 1999 年 1 月二版的精裝本，並參照華正書局王蒓父的箋註。

　　根據沈德潛自訂年譜記載，他在康熙五十五年編完《唐詩別裁集》，於康熙五十六年《唐詩別裁集》刻成後就著手選編古詩，一直到康熙五十八年，沈氏四十七歲，是年二月《古詩源》完編。在編選唐詩時，他就一再強調詩歌要「微婉、和莊」才能符合「雅正」的詩教傳統，沿唐詩上溯，他仍秉持著一貫的態度，對於漢魏六朝古詩他同樣以「窺風雅之遺意」和「有助於詩教」作為他選詩、評詩的價值基準。掌握這一價值基準來探討《古詩源》的編選觀點，本論文集中在《古詩源》的研究，以選集和例言作為基礎線索，進而從選集的形式和內容加以分析、歸納，再輔之以沈德潛於雍正九年所著的詩論《說詩晬語》，及前代學者對於清代詩學批評之研究，以作為本論文的研究範圍。

二、研究方法

由於明清時代詩論蓬勃發展，有宗唐、崇宋之爭，因此，各詩派也往往藉著詩話論著或評點箋註來突顯其對詩歌的觀點和創作的指導，清初又是歷代詩論綜合及發展快速的時代，一方面綜合了前代詩論家品評詩歌的精要，另一方面在這基礎上又開創新格局而成當時詩壇重要的指標。就古詩選本而言，像明代竟陵派鍾惺有《古詩歸》、清初有王夫之《古詩評選》、王士禎《古詩箋》等等，在眾多選本中，沈德潛《古詩源》可以說是一本宏觀的選本，因為它不僅繼承了王士禎所奠定的古詩價值，同時也發展出沈氏自己的詩觀，所以筆者希望從沈集中的實際批評去印證其詩歌理論，藉由分析、比較、歸納和統整等方法去還原其理念之內涵。

沈氏編選漢魏六朝選集，序中就說「既以編詩，亦以論世」，同樣的，要了解沈氏編選《古詩源》，亦要對其時代背景及生平先有基本的認識，才能進而知其為人，明其詩論，所以第二章，先就沈德潛所處的時代背景、政治環境及他詩論形成的淵源作一說明，並將重心置於沈德潛評選古詩的重要的影響，所以分從（一）詩歌發展源流、正變之觀念；（二）溫柔敦厚的詩教原則；（三）詩人創作的主觀條件和（四）詩法概述這四部分加以論述，一方面說明葉燮詩論，另一方面也指出沈氏的繼承與發展，以了解沈氏詩論之基本內涵。

第三章則從本選集形式上作析論，運用歸納、分析的方法，就選集外在的形式作具體的分析。首先探究沈氏編選本詩歌選集的動機，從序中歸納出沈氏編選《古詩源》的動機。沈氏有鑑於明代七子以來復古模擬之風興起，一方面乃為矯正七子詩論所產生的流弊，另一方面詩歌自漢魏以下漸失風雅遺緒，沈氏為正詩風，溯詩源，於是從編選古詩中提倡詩教；再者，沈氏對唐以前詩歌之評論，大抵是歸納、引申，甚至在原有的基礎上再加以發揮，然因前人選本所側重的方向不同，沈氏對古詩範圍的界定與王士禎選本的界定不同，在體裁及時代上亦有所差異，所以沈氏欲以其詩歌理論為基礎對古詩進行裁選和

批評的工作，因此而有此詩歌選集之產生。第二節即就《古詩源》在實際編選過程中，沈氏如何選、編、評、論，在此過程中沈氏標準為何？呈現出什麼特色？尤其在評與論上，沈氏有哪些是對前人的繼承？是否對前人之論提出不同的看法等等，則是本章的重點。

　　第四章內容分析的部分，沈氏在選集前的例言，十分清楚而明確的指出各代詩歌的特色及其代表詩人，本章就從他的評論中，歸納出他對古詩主題的選取傾向和對詩歌內容具體的評論，觀察並驗證沈氏的詩歌理論，進一步歸納出他的詩教觀、詩史觀和創作觀。

　　最後，第五章結論部分，綜合前面形式及內容具體的分析後，提出沈氏這些批評理論和價值觀對於當時的學者和近代讀者在古詩鑑賞和創作上，有哪些影響和啓發？這將有助於思考未來如何開創出適於現代的古典詩歌審美、批評和鑑賞的理論，同時在今日古典詩歌教學方面可供教學者做有系統的參考教材。

第二章　沈德潛生平及其詩論

第一節　沈德潛生平

　　沈德潛，字確士，號歸愚，江南蘇州府長洲縣人，生於康熙十二年十一月十七日（西元 1673 年），卒於乾隆三十四年九月（西元 1769年），享年九十七歲。沈德潛《清詩別裁集》云：

> 國初詩沿明季餘習，多宗景陵，先大父往復陶、杜，自攄
> 胸臆，未嘗求工而自中繩削。陸起頑太僕謂鍾、譚之風流
> 毒天下，不能濡染，沈生大是豪傑之士。太僕，先大父師
> 也，不輕許人，當時以為篤論。〔註1〕

沈德潛五歲時，由祖父沈欽圻啓蒙，教他平、上、去、入之聲及一切諧聲、會意和轉注的知識，他已略能領悟。沈欽圻博學多聞，二十餘歲補長洲縣諸生。明朝滅亡後，沈欽圻隱居並以詩文教授學生，在吳中頗有詩名。他論詩不特主一格，出入諸家如杜甫、劉禹錫、白居易、陸游等，在當時詩壇鍾、譚盛行之際，超然不受影響，論詩則兼取唐宋。沈氏六歲開始讀書，祖父即以平上去入問之，他則一一應對。祖父高興地說：「是兒他日可成詩人」，並作了一首五言律詩送給他。康熙十九年沈德潛八歲，祖父在這一年四月病逝，沈德潛出生後即受祖父薰陶，景慕祖父德行學問，他日後論詩能秉持一貫信念，不為風氣

〔註1〕《清詩別裁集》卷七，沈欽圻評文，總頁 163。

所染，實是其來有自。

　　沈氏在祖父去世後就隨父親至湯氏館讀書，沈德潛父親沈鍾彥，對篆刻頗爲留心，後專攻隸書，他以秦漢爲宗，同時又觀覽唐以後之作，這種取法乎上，又能兼容博綜的態度，在論詩上亦是如此，這對沈德潛日後論詩亦有很大的影響。康熙二十年，水旱災之後，米價昂貴，家中僕人已逃散，又無親戚族人可依靠，沈德潛的母親爲了維持家中生計，首飾衣服已盡用來換米，於是和祖母不論寒暑勤作燭心來換取米糧維生，並在米飯中參雜豆麥屑，沈德潛從湯氏館回家看見，默默流下眼淚，母親說：「吾兒食苦慣，異日處逆境不爲憂也。」母親的教誨也讓他日後生活仍能處於簡單樸素而不覺辛苦。接下來的幾年他陸續讀了儒家基礎教本《四書》、《書經》、《左傳》和古文、唐朝絕句、律詩數章。康熙二十七年，沈氏十六歲時，讀《孫》、《吳》、《尉繚子》三書，私下作〈戰守論〉一篇，〈樂毅論〉一篇，沈氏的父親看了搖頭說：「我誤此兒也」，於是聘請孝友狷介的施星羽先生教授沈氏時藝暨先正國朝文，期間沈氏偶讀時文、八家，詠絕句，遭其師制止曰：「勿荒正業，俟時藝工，以博風雅之趣可也」，由此也可見當時沈氏家學及師教之殷切。

　　康熙三十年，沈氏受業於蔣濟選門下，蔣濟選字覺周，長洲生，端方正直。這年沈氏錄縣府試。康熙三十二年，沈氏二十一歲，他鈔讀《史記》、《漢書》，並於開暇時讀漢魏樂府，可說是日後沈氏詩觀形成之基礎養成期。康熙三十七年沈氏二十六歲，開始參加詩文會，首先出席張岳未家詩文會，之後與詩友們偕同請教詩學於橫山葉燮，當時爲詩、古文名家的葉燮對沈氏詩論有極大影響。這段期間，沈氏常作詩，並和尤湄滄互相唱和。康熙四十二年，葉燮去世後，沈氏將葉燮詩、古文和及門數人詩，致書於當時任司寇的王士禎。王士禎回信時極道沈氏詩文特立成家，絕無依傍，諸及門中，以沈氏和張岳未、張永夫，不只得皮得骨，直已得髓；又說河汾之門詎以將相爲重。

　　沈德潛除了受老師葉燮的啓發，明清時代盛行締結詩社，沈氏參

與了詩社論詩創作之列，與詩友在詩歌方面相互切磋，對其詩論形成亦有所影響，如康熙四十六年，沈德潛三十五歲，每個月和詩友聚會一次，作詩相互切磋，按年齡批閱。於詩社中所作之詩雖以近體詩爲主，但對沈德潛日後論詩之風格、聲律、體式之觀念，皆有影響。在康熙五十九年至六十年間他參與「北郭詩社」，時稱「北郭十二子」。另外，在他的年譜、《歸愚文鈔》以及友人詩序中〔註2〕如〈李玉洲太史詩序〉、〈姜自芸太史詩序〉等都提及他詩友讌集之盛或結交詩友議論文風之情形，可見沈德潛在當時詩壇活躍之一斑。除此之外，他更藉詩社來傳承詩道，冀望後起之秀能矯時弊、復古道。〔註3〕

　　康熙五十四年，沈氏四十三歲，他開始批選唐詩，書成共十卷，取名《別裁》，這是沈氏透過選詩、編詩來呈現其詩觀的第一本詩選集。在康熙五十六年，《唐詩別裁集》刻成後，他就著手開始編選古詩，歷經兩年時間，康熙五十八年沈氏四十七歲，《古詩源》完編。到雍正三年，沈氏五十三歲，《古詩源》在這年年終刻成，他即又開始編選明詩。雍正九年，沈氏五十九歲，住在古龍菴，將其詩論整理成《說詩晬語》二卷，付鳴謙上人。雍正十二年，沈氏六十二歲，詔舉博學鴻辭，他雖然以學術淺陋辭官，文宗詔往乃奉命應詔。這一年《明詩別裁集》成書。到乾隆十八年，他有《杜詩偶評》及《七子詩選》；乾隆二十五年，《清詩別裁集》刻成，至乾隆二十九年，沈氏九十一歲，《增訂唐詩別裁集》刻成，他編選詩集的工作才算正式完成。

〔註2〕王東漵〈柳南詩草序〉：「海虞之結詩課者四人，爲侯子秉衡、陳子亦韓、汪子西京、王子東漵。四人皆以道自重，發爲文辭者也，余先後得而友之。」，《清代文學批評資料彙編》（以下簡稱《彙編》），《中國文學批評資料彙編》之八，吳宏一、葉慶炳主編，台北：國立編譯館，民國67年9月。

〔註3〕如〈七子詩選序〉：「予年二十餘，從事於詩，時方相尚以流易淺熟、粗梗枯竭之體，賴同社諸君子，中立不回，西與廓清摧陷，閱五十餘年，遠近作者，皆知復古。今諸君子漸次零落，而七子繼起，獨能矯尾厲角，驂駕李、何、王、李諸賢，而予以老耄之年，得睹代興有人，既以扶大雅之輪也。」，同上註，《彙編》頁402。

他歷經康熙、雍正、乾隆三朝，而受高宗知遇。在他於乾隆三年以六十七歲高齡中舉前，有十七次不第。高宗在即位之前，就已知沈氏乃江南名士。乾隆七年，沈德潛參加散館廷試之後，仕途就扶搖直上，備受榮寵優渥，如乾隆十一年帝曾賜五律云：「我愛沈德潛，淳風挹古初。」賡和御詩更是不可勝數。沈氏累官內閣學士、禮部侍郎，卒謚文慤，追贈太子太師，祀賢良祠。他在乾隆三十四年九月，以九十七高齡去世，後十年卻涉及東台已故舉人徐述夔詩作有悖逆語一案，其乃因沈氏曾為其作傳，稱其品行文章可法，惹得高宗不悅，而受牽連追奪。沈德潛誠悃勤學，袁枚於沈德潛墓誌銘中描述他：「公醇古淡泊，清臞矗立，居恆恂恂如不能言，而為詞雋永，無賢不肖，皆和顏接之；有譏其門牆不峻者，夷然不以為意」，刻劃出沈氏形貌、個性及為人。其生平事蹟除《清史》本傳外，尚可參閱沈氏自訂年譜，餘如《蘇州府志》卷八十九、《國朝先正事略》卷十八、《小倉山房文集》卷三等均有傳。

第二節　沈德潛詩論要旨

康熙三十七年，沈德潛二十六歲時，拜年已七十二歲之葉燮為師。葉燮（西元 1627～17030），字星期，號己畦，江蘇吳江人，辭官後長居橫山，世稱橫山先生。葉燮對沈德潛詩論之影響可分四部分來談：（一）詩歌發展源流及正變之觀念；（二）溫柔敦厚的詩教原則；（三）詩人創作的主觀條件；（四）詩法概述。茲分述如下：

一、詩歌發展源流及正變之觀念

明代中葉以來種種貴古賤今、宗唐祧宋等詩論中，尤其是主張復古論者認為，文學之發展是一代不如一代，如胡應麟《詩藪》就說「《三百篇》降而騷，騷降而漢，漢降而魏，魏降而六朝，六朝降而三唐，詩之格代降也。」葉燮針對復古主義的理論，首先強調詩歌藝術的發展變化是自然運行的過程，是歷史的潮流。葉燮認為事物永遠處於矛

盾變化中，所以反映現實生活的詩歌同樣也會發展變化。他說：

> 蓋自有天地以來，古今世運氣數，遞變遷以相禪。……此
> 理也，亦勢也，無事無物不然，寧獨詩之一道，膠固而不
> 變乎？〔註4〕

又說：

> 大凡物之踵事增華，以漸於進，以至於極。故人之智慧心
> 思，在古人始用之，又漸出之；而未窮盡者，得後人精求
> 之，故益用之出之。乾坤一日不息，則人之智慧心思，必
> 無盡與窮之日。〔註5〕

時代會有變化，同樣的，文學亦有其歷史發展，且不同時代文學彼此
之間也有繼承和發展之關係。詩歌發展不能固守舊有形式，而不隨時
代之變化而改變。因詩歌發展有其變化，所以葉燮提出對詩歌發展的
正變、源流及盛衰之論。他說：

> 且夫風、雅有正有變，其正變繫乎時，謂政治、風俗之由
> 得而失、由隆而污。此以時言詩；時有變而詩因之。時變
> 而失正，詩變仍不失其正，故有盛無衰，詩之源也。吾言
> 後代之詩，有正有變，其正變繫乎詩，謂體格、聲調、命
> 意、措辭，新故升降之不同。此以詩言時；詩遞變而時隨
> 之。故有漢、魏、六朝、唐、宋、元、明之互為盛衰，惟
> 變以救正之衰，故遞衰遞盛，詩之流也。從其源而論，如
> 百川之發源，各異其所從出，雖萬派而皆朝宗於海，無弗
> 同也。從其流而論，如河流之經行天下，而忽播為九河；
> 河分九而俱朝宗於海，則亦無弗同也。〔註6〕

從「詩之源」的角度來看，詩隨時變，卻不失其正，若能「反映出時代
精神變化的內容本質，就是對優良傳統之『正』的最好繼承。」〔註7〕

〔註4〕《原詩・內篇上》，《原詩、一瓢詩話、說詩晬語》合訂本，霍松林、
　　　杜維沫校注，北京市：人民文學出版社，1979 年北京第 1 版，頁4。
〔註5〕同上註，頁6。
〔註6〕同上註，頁7。
〔註7〕蔣凡《葉燮與原詩》，臺北市：萬卷樓圖書有限公司，民國 82 年 6
　　　月初版，頁72。

另一方面，從「詩之流」的角度觀察，是詩變而時隨之，詩歌體格、聲調、命意、措辭，各代有各代之特色，但其表現手法之產生，都有其前因後果，互為盛衰，「變以救正之衰」，相續相成也。他又以為：

> 歷考漢魏以來之詩，循其源流升降，不得正為源而長盛，變為流而始衰。惟正有漸衰，故變能啟盛。〔註8〕

這些源流正變的觀念對沈德潛有很大的影響。是故，沈德潛《古詩源》序亦言：

> 詩至有唐為極盛。然詩之盛，非詩之源也。今夫觀水者，至觀海止矣。然由海而溯之，近於海為九河。其上為洚水、為孟津。又其上由積石以至於崑崙之源。記曰：祭川者先河後海，其重源也。唐以前之詩。崑崙以降之水也。漢京魏氏去風雅未遠，無異辭矣。即齊梁之綺縟、陳隋之輕豔，風標品格，未必不遜於唐。然緣此遂謂非唐詩所由出，將四海之水非孟津以下所由注，有是理哉。有明之初，承宋元遺習，自李獻吉以唐詩振，天下靡然從風。前後七子，互相羽翼，彬彬稱盛。然其弊也，株守太過，冠裳土偶，學者咎之。由守乎唐而不能上窮其源。故分門立戶者，得從而為之辭。則唐詩者宋元之上流也，而古詩又唐人之發源也。

沈德潛在序文中指出前後七子之弊，在於拘守唐人律法，而不知上窮其源。他指出唐詩雖盛，只不過是流，而非「源」。他用河海源流來說明詩歌有其源流及發展。另外，〈與陳恥菴書〉中也說：

> 詩之風氣隨人變遷久矣，其間有變而盛者，有變而衰者，大約衰極必盛，既盛復衰。〔註9〕

這些論點大抵上也是承葉燮而言，如《原詩·內篇上》說：

> 詩有源必有流，有本必達末；又有因流而溯源，循末以返本。其學無窮，其理日出。乃知詩之為道，未有一日不相續相禪而或息者也。但就一時而論，有盛必有衰；綜千古

〔註8〕同註2，頁8
〔註9〕《清代文學批評資料彙編》，頁407。

而論，則盛而必至於衰，又必自衰而復盛。非在前者之必
居於盛，後者之必居於衰也。〔註10〕

沈德潛所說「衰極必盛，盛極必衰」即是從葉燮「綜千古而論，則盛
而必至於衰，又必自衰而復盛。非在前者之必居於盛，後者之必居於
衰也」而來。沈德潛繼承這個觀念，又以黃鵠的高飛，比喻詩人的開
展眼界，然後才可以找到詩的「源流」：

黃鵠一舉，見山川之紆曲；再舉見天地之方圓，惟所處者
高，故所見者遠也。詩道何獨不然？置身高處，豁開正眼，
於源流升降之故，暸然胸中，斯無隨波逐流之弊。若拘守
卑論，以為詩道在斯，無逾我說，猶鷦鷯斥鷃巢於枳棘，
即以枳棘為山川，並即以枳棘為天地，其亦可嗤也。〔註11〕

綜上所述，我認為沈德潛詩歌理論中重視窮本溯源的觀念，主要
是來自其師葉燮詩論的影響。這也是沈德潛在編選《古詩源》時所依
循之準則，重源流發展才能上溯其源，進而以「窺風雅之遺意」。

然而，比較他們的主張，還是可以發現兩人論點不同之處。葉氏
論源流正變是在詩歌發展與創作上，認為後代之詩，「踵事增華，因
時循變」，詩人一方面採納前人之詩歌傳統，一方面在原有傳統下也
產生變化，而進行創新開展。他們在繼承與創新之矛盾中徘徊、挣扎、
創新，而促成了詩歌「節節相生，如環不斷」的遞進，成為推動文學
發展一股重要之力量。而沈德潛不同於葉氏之處，則在於他更強調復
古，學詩除了以唐為楷範外，更要上溯其源，追求古詩中「高格正體、
雄聲雅調」之藝術風格。葉氏認為一味強調復古是不合詩歌的歷史發
展和創作原則的，沈氏卻在標舉詩歌源流發展的同時，強調學詩者要
「尋究其旨歸」，通過前代詩歌之體法聲調來把握詩歌之創作方法，
目的在建構《詩經》之傳統，達到詩教之旨歸，這一點，和葉燮就有
很大的不同。霍有明《清代詩歌發展史》中說：

沈德潛之所以強調詩歌的源流正變，並不是要揭示詩歌發

〔註10〕同註2，頁3。
〔註11〕《歸愚文鈔》卷七，見《沈歸愚詩文全集》。

展的客觀規律，而是要上溯經過漢儒解釋的《風》、《雅》，
從而弘揚爲封建統治服務的「詩教」。他所謂的「仰溯《風》、
《雅》，詩道始尊」，正是這個意思。他認爲的「源」，不是
別的，正是《風》、《雅》。〔註12〕

霍氏認爲沈德潛的詩歌源流正變論主要來自葉燮，而在結論上卻和
葉燮迥然不同，霍氏認爲，沈氏的論調基本上是爲了封建統治者而
提倡的，此說固有偏頗，然而他重視源流是爲標舉詩教，這看法是
不錯的，可以解釋沈德潛編《古詩源》旨在「使覽者窮本知變，以
漸窺風雅之遺意。猶觀海者由逆河上之，以溯崑崙之源，於詩教未
必無稍助也。」其實這正是沈氏編選古詩集的主要動機，筆者將在
下一節詳論。

二、溫柔敦厚的詩教原則

葉燮認爲「溫柔敦厚」是一種詩歌立意上宜遵循的原則，它作爲
詩內在之主體是不變的，但如何表現則各有不同。文辭不過是外在的
表現，回歸到本體的意上，則沒有不同。所以各朝代皆有符合其「溫
柔敦厚」的原則。「溫柔敦厚」之旨，是在作者的神明變化中，不必
拘泥某一種形式。他說：

或曰：「『溫柔敦厚，詩教也』。漢、魏去古未遠，此意猶存，
後此者不及也。」不知「溫柔敦厚」其意也，所以爲體也，
措之於用，則不同；辭者，其文也，所以爲用也，返之於
體，則不異。漢魏之辭，有漢魏之「溫柔敦厚」，唐、宋、
元之辭，有唐、宋、元之「溫柔敦厚」。譬之一草一木，無
不得天地之陽春以發生。草木以億萬計，其發生之情狀，
亦以億萬計，而未嘗有相同一定之形，無不盎然皆具陽春
之意。其得曰若者得天地之陽春，而若者爲不得者哉！且
「溫柔敦厚」之旨，亦在作者神而明之；如必執而泥之，
則《巷伯》「投畀」之章，亦難合於斯言矣。〔註13〕

〔註12〕霍有明《清代詩歌發展史》中篇〈沈德潛的詩歌理論與創作〉，頁179。
〔註13〕同註2，頁7。

葉燮對於「溫柔敦厚」之詩旨，採取比較圓通的標準，不滿固執一端的態度。而沈氏論詩最重「溫柔敦厚」的詩教，其源則出於此。他在《清詩別裁集》中論詩道就先標舉古今一致之標準——溫柔敦厚，並唯恐後代過於重視文辭綺靡而失此一旨歸。他說：

> 詩之爲道，不外孔子教小子、伯魚數言，而其立言一歸于溫柔敦厚，無古今一也。自陸士衡有緣情綺靡之語，後人奉以爲宗，波流滔滔，去而日遠矣。選中體制各殊，要惟恐失溫柔敦厚之旨。（《清詩別裁集》凡例）

此外，在《說詩晬語》中，他更藉《詩經》裡〈燕燕〉和〈凱風〉兩首詩的表達方式，來說明其詩旨表現出詩人的人格之高尚，正是溫柔敦厚之典型。

> 州吁之亂，莊公致之，而〈燕燕〉一詩，猶念「先君之思」；七子之母，不安其室，非七子之不令，而〈凱風〉之詩，猶云「莫慰母心」。溫柔敦厚，斯爲極則。〔註14〕

詩人在面臨政治道德上必須委婉表達自己的意見，一方面顯示出詩人之人格修養，另一方面，從審美的角度而言，卻有一種溫厚含蓄之美，在他看來，這是各時代詩歌的共同旨歸，所以沈氏說：

> 詩之爲道也，以微言通諷諭，大要援此譬彼，優游婉順，無放情竭論，而人徘徊自得于意言之餘。《三百》以來代有升降，旨則一也。惟乎后之爲詩者，哀必欲涕，喜必欲狂，豪則縱放，而戚若有亡，粗厲之氣勝，而忠厚之道衰，其與詩教以俱矣。〔註15〕

沈德潛認爲詩歌自《三百篇》以來，以隱微的語言、比興的手法表達內心情志時，得詩旨者自然能從含蓄蘊藉、委婉柔順的表達方式有所領略，後代爲詩者卻縱情竭論，使詩歌溫柔敦厚的教化之風漸失，詩道逐漸淪喪，於是沈氏在他的詩論中，特別強調「溫柔敦厚」的詩教，

〔註14〕《說詩晬語・卷上》，同註2，頁191。

〔註15〕〈施覺庵考功詩序〉，《清代文學批評資料彙編》（以下簡稱《彙編》），頁389。

不僅在觀念上繼承其師葉燮較圓通靈活的部分，同時在堅持詩教的傳統的立場上更力圖使其具有開放性。

三、詩人創作的主觀條件

　　葉燮認爲詩人創作是外在客觀的「物」和詩人主觀內在之「心」的統合，而客觀必須通過主觀來反映。他繼承了古代「詩言志」的傳統，強調用作者心志之才、識、膽、力，將主、客觀融爲一體。他在《原詩‧內篇》中說：「志高則其言潔，志大則其辭弘，志遠則其旨永，如是者，其詩必傳。」〔註16〕又說：「然有是志，而以我所云才、識、膽、力四語充之，則其仰觀俯察、遇物觸景之會，勃然而興，龐見而側出，才氣心思，溢於筆墨之外。」葉燮認爲作者內在情志，在與外在事物接觸時，需透過才、識、膽、力四者加以擴充，才能使創作之動力「勃然而興」，表現出「溢於筆墨之外」的才氣心思。所以，才、識、膽、力是構成文學創作主體之基本要素。

　　何謂才、識、膽、力呢？葉燮認爲：「大凡人無才，則心思不出；無膽，則筆墨畏縮；無識，則不能取捨；無力，則不能自成一家。」〔註17〕所謂才，不光是指作家本身天賦的才華，還包括在創作時表現藝術手法之具體本領和才能。沒有才華，就無法暢敘所興所感，心思不能出。然而，作家心思要充分表達，除了有才之外，更要敢於突破傳統或現實之束縛，自由創作、不拘於「詩法」，樹立勇於創新之精神，膽也是創作過程中一個重要條件。所以葉燮說：「惟膽能生才，但知才受於天，而抑知必待擴充於膽耶！」〔註18〕然而膽又不是恣意發宣，是必須在有「識」的基礎上才能伸張，他以爲：「識明則膽張，任其發宣而無所於怯，橫說豎說，左宜而右有，直造化在手，無有一之不肖乎物也。」〔註19〕什麼是「識」？識指的是作家處於萬事

〔註16〕《原詩‧內篇下》，同註2，頁13。
〔註17〕《原詩‧內篇下》，同註2，頁16。
〔註18〕《原詩‧內篇下》，同註2，頁26。
〔註19〕同上註，頁25。

萬物中一種能明辨是非善惡、鑑別美醜高下的能力，有了這種能力，
才能明取捨，不會隨波逐流。他說：

> 人惟中藏無識，則理、事、情錯陳於前，而渾然茫然，是
> 非可否，妍媸黑白，悉眩惑而不能辨，安望其敷而出之爲
> 才乎！文章之能事，實始乎此。今夫詩，彼無識者，既不
> 能知古來作者之意，並不自知其何所興感、觸發而爲詩。
> 或亦聞古今詩家之詩，所謂體裁、格力、聲調、興會等語，
> 不過影響於耳，含糊於心，附會於口；而眼光無從著處，
> 腕力從無措處。即歷代之詩陳於前，何所抉擇？何所適從？
> 〔註20〕

無論詩、文，作家本身必先要有識才能於眾流之中辨其高下，從古人
之創作經驗中，探其旨意、明白其所興感、觸發，不會只是含糊於枝
節末流。至於「力」，則是詩人表現自我才識之能力和自成一家之筆
力。葉燮認爲古往今來有才之作家如左丘明、司馬遷、賈誼、韓愈、
李白、杜甫、蘇軾等，不僅有才，而且「必有其力以載之」，這些創
作者他們都有自己獨特的創造力而自成一家。葉燮說：「立言者，無
力而不能自成一家。夫家者，無固有之家也。人各自有家，在己力而
成之耳；豈有依傍想像他人之家以爲我之家乎！」〔註21〕要有這種自
成一家的力，還得靠創作者奮勉努力，得於內在之識，表現於外顯之
才，以膽張其才，用力來實踐。

　　然而才、識、膽、力這四者的關係如何？有無輕重先後呢？基本
上，葉燮認爲這四者中，「識」對其他三者有主導之作用。他說：

> 大約才、識、膽、力，四者交相爲濟。苟有一所歉，則不
> 可登作者之壇。四者無緩急，而要在先之以識；使無識，
> 則三者俱無所託。無識而有膽，則爲妄、爲鹵莽、爲無知，
> 其言背理、叛道，蔑如也。無識而有才，雖議論縱橫，思
> 致揮霍，而是非淆亂，黑白顛倒，才反爲累矣。無識而有

〔註20〕同註14，頁24。
〔註21〕同上註14，頁27。

力，則堅僻、妄誕之辭，足以誤人而惑世，危害甚烈。若
在騷壇，均為風雅之罪人。惟有識，則能知所從、知所奮、
知所決，而後才與膽力，皆確然有以自信；舉世罪之，舉
世譽之，皆不為其所搖。安有隨人之是非以為是非者哉！
〔註22〕

可見他認為「識」是詩人創作主觀條件中最重要的，它是作家發揮藝
術才能、勇於獨創和能力的決定性條件。「識」又是由什麼決定的呢？
是從何產生的呢？葉燮說：「我謂作詩者，亦必先有詩之基焉，詩之
基，其人之胸是也。有胸襟，然後能載其情性、智慧、聰明、才辨以
出，隨遇發生，隨生即盛。」〔註23〕他並舉杜甫為例，杜詩有胸襟為
基礎才能有觸類達情，隨遇而生之觀察力、感受力及情感。所以詩人
之有胸襟者，亦才能將不可言之理、不可述之事，「遇之于默會意象
之表」，用寄託的方法和想像的手段具體呈現。

　　在詩人創作的主觀條件上，沈德潛也繼承了這個觀念。他在《說
詩晬語・卷上》中說：「有第一等襟抱，第一等學識，斯有第一等真
詩。如太空之中，不著一點；如星宿之海，萬源湧出；如土膏既厚，
春雷一動，萬物發生。」〔註24〕詩人的胸襟氣度恢弘寬闊，其詩作必
不會侷促於個人情志，視角與境界更是能縱博古今、超俗拔塵。此襟
抱一方面從學中培養識，另一方面來自人生閱歷。胡幼峰在《沈德潛
詩論探研》中認為沈德潛和其師同主張詩人之才、學、識，但就沈德
潛本身之學習歷程和矯正時弊而言，沈氏不同於其師於識上多所議
論，反以學為先務，此乃二人持論略歧異之處。〔註25〕如其所引〈許
雙渠抱山吟序〉中，沈德潛以李白、杜甫之例，強調「古人所以神明
其業者，未有不自強學而得者也」，並針對時人誤用嚴滄浪「詩有別

〔註22〕同註14，頁29。
〔註23〕《原詩・內篇下》，同註2，頁17。
〔註24〕《說詩晬語・卷上》，同註2，頁187。
〔註25〕參見《沈德潛詩論探研》，胡幼峰著，台北市：學海書局，民國75
　　　　年3月初版，頁91。

材非關學也」之語，導致詩文空疏鄙陋的流弊，提出惟多讀書、窮理，「沃根培本，俟其富而日新，聞其議論，知其所得力深也」。此外，在沈德潛〈與陳恥庵書〉中亦言：「詩道之實其氣，在根柢於學。」並舉從唐以降歷代傑出文人，無不是如此。「蓋能根柢於學，則本原醇厚，而因出之以性情之和平，將卓爾樹立，成一家之言；無不受風氣之轉移，而可轉移乎風氣，此實其氣之說也。」〔註26〕有學作爲根基，根基深厚就有成一家之言之「力」，亦有明辨是非高下、不隨波逐流甚至能主導風氣之「識」，即葉燮所說知所從、所奮、所決，使才、膽、力，確然有自信，舉世譽之或非之都不隨其動搖。沈德潛在〈答滑苑祥書〉中亦云：「不多讀書則絕其原；不得師友輔翼則迷其途；不定灼然不變之識則是非毀譽得以淆其中。」〔註27〕足見沈氏認爲多讀書以爲原，有師友輔助則道正，更要於其中培養自我定見、卓越見識，才不至於是非混淆。這方面無疑是與其師見解一致，且能發揚其理。

四、詩法概述

　　所謂「詩法」主要是明清時代的文人，綜尙古人爲文作詩之典範，因以之爲規矩，盛言其創作之「法」而效之。如明前七子之首李夢陽即強調這些古人創作之規矩就是他所依據之法。又如與葉燮同時之汪琬也強調善學詩者，一定要先以法爲主。所謂「詩法」，不外乎法度、格律、聲調、字句、風格等藝術法則。然而創作是否有一定的藝術法則？關於這一點，葉燮和沈德潛雖皆認同詩歌創作有一定的法則，但強調詩有死法與活法之分，死法乃不足取。

　　葉燮反對先驗的定法，主張在反應客觀事物過程中所形成的自然之法。他用理、事、情來概括客觀事物。「理」是指事物發生或發展的內在規律；「事」是指客觀存在的事物；「情」是指事物產生過程中的各種情態。詩歌創作勢必要描寫自然、反應現實、人生，在客觀上

〔註26〕〈與陳恥庵書〉，《歸愚文鈔》卷十五，《彙編》頁408。
〔註27〕〈答滑苑祥書〉，《彙編》頁405。

是以理、事、情為依據。他說：

> 先揆乎其理，揆之于理而不謬，則理得；次徵諸事，徵之
> 于事而不悖，則事得；中絜諸情，絜之于情而可通，則情
> 得。三者得而不可易，則自然之法立。故法者，當乎理，
> 確乎事，酌乎情，為三者之平準，而無所自為法也。〔註28〕

就詩歌創作對象而言，詩歌要客觀反映理、事、情，則所謂「法」，
是在自然變化中「克肖自然」，既然客觀現實無時不在變，法就自然
「無自為法」了。就創作主觀條件而言，詩人的「胸襟」與「才、識、
膽、力」各不相同，創作也因人而異，所以詩歌創作也不能有一定的
法度規矩了。所以葉燮說：「法者，虛名也，非所論於有也。」但同
時他又說：「又法者，定位也，非所論於無也。」這裡的「定位」指
的是古人在實際創作中，產生優秀作品的成功經驗，將這些經驗歸納
做為初學者的學習路徑，這是一種客觀存在，所以說「法」是「定位」。
但詩歌創作者若拘泥於這種規矩中，便失去了藝術創作的生命力。所
以葉燮說：「然法有死法，有活法。」所謂的「死法」指的是僅於詩
歌形式上講究字句平仄、章法、起承轉合等法則，只是模仿古人。這
樣往往難以創作出感人的詩歌。然而，所謂的「活法」又是什麼呢？
葉燮說：

> 作詩另有法，法在神明之中、巧力之外，是為變化生新。
> 變化生新之法，又何若乎？則「死法」為定位，「活法」為
> 虛名。「虛名」不可以為有，「定位」不可以為無。不可為
> 無者，初學者能言之；不可為有者，作者之匠心變化，不
> 可言也。〔註29〕

這裡葉燮所說的活法，是作詩者進入到真正的創作階段，是在經驗長
期的創作實踐中體會、領悟出來得一種藝術境界。葉燮舉杜甫為例，

〔註28〕《原詩・內篇下》：「自開闢以來，天地之大，古今之變，萬彙之賾，
　　　　日星河嶽，賦物象形，兵刑禮樂，飲食男女，於以發為文章，形為
　　　　詩賦，其道萬千。於得以三語蔽之：曰理、曰事、曰情，不出乎此
　　　　而已。」，同註14，頁20。

〔註29〕同註14，頁21。

他說杜甫之所以能達到「變化神妙」的藝術境界，乃是經過「慘澹經營之奇」的創作過程而領悟「活法」之妙用。而後學者與讀詩者，更要從古人匠心變化的「自命處、著眼處」去領略「活法」之變化，「會其旨歸，得其神理。」而學「古」者亦要「活」，詩歌創作才能更有生命力。這一點，沈德潛在他的詩論上繼承了其師之說，例如，他在《說詩晬語》中提及：

> 詩貴性情，亦需論法。亂雜而無章，非詩也。然所謂法者，行所不得不行，止所不得不止，而起伏照應、承接轉換，自神明變化於其中；若泥定此處應如何，彼處應如何，不以意運法，轉以意從法，則死法矣。試看天地間水流雲在，月到風來，何處著得死法！〔註30〕

從這裡我們可以看出，沈氏所謂的「法」，不是拘泥於成法不知變通，而是和其師所謂「作者匠心變化」相同，是「神明變化於其中」，是「以意運法」而不為法所役。然而，神明變化從何而來？和葉燮相同，他認為亦要靠作者厚積所學，自能不泥古、知變通而有神理。他說：

> 詩不學古，謂之野體。然泥古而不能通變，猶學書者但講臨摹，分寸不失，而己之神理不存也。作者積久用力，不求助長，充養既久，變化自生，可以換卻凡骨矣。〔註31〕

又說：「慘澹經營，詩道所貴。」詩歌創作者要能得心應手，神明變化，下筆前必先胸有成竹，意在筆先，要達到這種境界，需創作者先下一番功夫才有可能。所以沈氏在詩法方面繼承了葉燮的觀念，二人同樣強調需透過創作者「慘澹經營」方能領悟活法之妙用。至於沈氏有關詩歌作法基本原則，如強調各種詩體有其規格、詩歌的聲調音律、用字、情感之表達與議論之關係等論述，將在第三章中就沈氏《古詩源》所選之詩，具體來看其所主張之論詩、作詩之法。

〔註30〕《說詩晬語・卷上》，同註2，頁188。
〔註31〕同上註，頁189。

第三章 《古詩源》之編選動機及形式分析

第一節 《古詩源》之編選動機

　　《古詩源》是沈德潛於康熙五十六年十月開始編選，當時沈氏四十五歲，他在康熙五十四年開始批選唐詩十卷，名為《唐詩別裁集》，在康熙五十六年十月時唐詩選本由陳樹滋從廣南刻成寄來，就在這時，沈氏開始著手批選古詩，一直到康熙五十八年，沈氏四十七歲，是年二月，《古詩源》完編。沈氏為何要在編選完唐詩後即刻著手編選古詩？我們可從三方面來探究其編此書的動機：一是矯正自前代以來論詩之弊；二是提倡詩教；三是補王士禎古詩選本之不足。以下分別說明之：

一、矯正自前代以來論詩之弊

　　明末清初詩壇，仍沿襲著自明前後七子以來的唐、宋詩之爭，從李夢陽、何景明強調以盛唐為宗，其風標品格仍有可觀，然前後七子之後，徒學末流枝節，導致後代批評不已。沈德潛看出了這樣的現象，他說：

　　　　（李夢陽、何景明等）古體取法八代，近體取法盛唐，雖

> 未盡得古人之真，而風格遒上，彬彬大盛；後王、李繼述，
> 亦稱蔚然，然擬議太過，末學同聲，冠裳劍珮，等於土偶，
> 盛者漸趨於衰。公安袁氏有心矯弊，失之於俚。竟陵鍾、
> 譚立異標新，失之於魔，衰極矣！〔註1〕

後來公安派為矯正七子之弊主張「獨抒性靈，不拘格套」，卻導致作品流於輕俏俗俚；而鍾惺、譚元春等人又以奇險之詩為佳，使詩歌又流於孤峭幽深而難懂，詩壇風氣可謂極衰。至康熙時，詩壇因對明代前後七子的反動，便以宗宋風氣為盛，如以厲鶚為代表的浙派就是勢力頗盛的宋詩派，沈德潛對詩壇這種風氣表示不滿，他將其歸之於錢謙益詩學的影響。沈氏云：

> 於是錢受之意氣揮霍，一空前人，於古體中揭出韓、蘇，
> 於近體中揭出劍南。……然而推激有餘，雅非正則，相沿
> 既久，家務觀而戶致能。有華詞，無風骨；有隊仗，無首
> 尾。甚至譏誚他人‧則曰此漢魏、此盛唐；耳食之徒，有
> 以老杜為戒者。弟弱冠之時，猶聞此語。〔註2〕

所以沈德潛對這股詩風提出了批判。沈德潛自少年時代就喜歡抄錄唐人詩集，當時正值康熙二十六年，正是處於宋詩風行時期，他不從流俗而選擇唐詩，可見他認為唐詩的價值高於宋詩，一直到他四十五歲完成《唐詩別裁集》的編選，立場始終未改變。基本上，他並不反對明代以唐詩為宗的觀念，甚至強調由唐詩之雅音上溯《詩經》傳統，所以從康熙五十六年後，他便著手於詩歌的選評工作，他想藉著收集、選編詩作來建構詩歌史的正統，上溯其源，下探其流，以建立較正統之詩教觀及風雅傳統。從《唐詩別裁集》、《古詩源》到《明詩別裁集》和《清詩別裁集》，這四部大型的詩選，顯示出他重構詩歌史的意圖。而他編《古詩源》的動機之一，即是看出詩歌發展的過程中，有源有流，有正有變，而唐詩之所以盛，是有詩歌自身演進的歷史意義，明前後七子就是因忽略了詩歌自身演變的歷史，才會拘守唐格，

〔註1〕參見〈與陳恥庵書〉，《彙編》頁407。
〔註2〕同上註。

以致流於粗糙的模仿，沈德潛推究他們之所以備受後代批評的原因，就是他們不懂得由唐詩上溯詩歌精神之本源，他在《古詩源》序中說：

> 有明之初，承宋元遺習，自李獻吉以唐詩振，天下靡然從風。前後七子，互相羽翼，彬彬稱盛。然其弊也，株守太過，冠裳土偶，學者咎之。由守乎唐而不能上窮其源。故分門立戶者，得從而爲之辭。(《古詩源》序)

所以他在編完《唐詩別裁集》後即著手編輯《古詩源》，以矯正自清初以來走偏之詩風。他還針對明代至清初的詩歌選本加以批評：

> 故自有明以來，選古人詩者，意見各殊。嘉、隆而後，主復古者拘於方隅，主標新者倚而先矩，入主出奴，兩百年間，迄無定論。而時賢之競尚華詞者，復取前人所編，穠纖浮豔之習，揚其餘燼，以一私人之耳目。此又與于歧途之甚，而詩教之衰，未必不自編詩者遺之也。〔註3〕

這裡他說明了自明代以來選詩者在「復古」與「創新」的潮流中沉浮，主復古者如前後七子等，不能得古人之全而偏於一隅；主創新者如公安、竟陵等又在尋求創新之際繭自縛，加上沈氏選詩前，時乃競尚浮華詩風，實在需要藉著選詩、編詩來讓當時學詩者作爲典範，所以，這也是沈氏編《古詩源》的原因之一。另一個重要的原因，在本段文字中也可明曉，就是提倡詩教。

二、提倡詩教

孟子曰：「誦其詩，讀其書，不知其人可乎？」學詩最初之旨，是以意逆志而知人論世，沈德潛編選古詩乃是爲學詩者導其源，使其知詩歌風雅之傳統，更欲倡導詩教之觀念。這詩教觀念正是他在《說詩晬語》中所說：

> 詩之爲道，可以理性情，善倫物，感鬼神，設教邦國，應對諸侯，用如此其重也；……學者但知尊唐，而不上窮其源，猶望海者指魚背爲海岸，而不自悟其見之小也。今雖

〔註 3〕 同上註。

不能竟越三唐之格，然必優柔漸漬‧仰溯風雅，詩道始尊。
〔註4〕

而這裡所說的「仰溯風雅」，是指儒家傳統詩學中，以《詩經》為詩歌的源頭，也是最高的典範和價值標準。張健先生說：

> 沈德潛說要「仰溯風雅」，「仰」言其高，是價值方面；「溯」言向前，是歷史的方面。正是因為其從歷史的方面說源頭，所以要「溯」；正是因為其價值上最高，所以要「仰」。正因為如此，所以沈德潛的詩歌清理不是向後看，而是向前看；不是看後代對於前代有哪發展變化，而是看後代哪些作品符合風雅傳統，哪些不符合風雅傳統。正因為如此，所以沈德潛的詩歌史建構帶有極強烈的價值釐定意味。〔註5〕

張健這番析論是十分有見地的，他明確的指出沈德潛仰溯風雅精神的同時，也並沒有忽略重構詩歌史演進傳統的源流。此外，沈德潛在《唐詩別裁集》序中也指出：「人之作詩，將求詩教之本原也」，他並將唐詩分為兩類，一為優柔平中、順成和動之音，一為志微噍殺、流僻邪散之響。要沿流討源，尋究指歸，就必須從順成和動之音上溯詩教之本原。所以他在《唐詩別裁集》序中也說他編選唐詩的標準是「去淫濫以歸雅正」，而《古詩源》序中說：

> 予前與樹滋陳子輯唐詩成帙，窺其盛矣。茲復溯隋陳而上極乎黃軒。凡三百篇楚騷而外，自郊廟樂章，訖童謠俚諺，無不備采。書成得一十四卷。不敢謂已盡古詩，而古詩之雅者，略盡於此。凡為學詩者導之源也。

又說：

> 於古逸存其概，於漢京得其詳，於魏晉獵其華。而亦不廢夫宋齊後之作者。既以編詩，亦以論世，使覽者窮本知變，以漸窺風雅之遺意。猶觀海者由逆河上之，以溯崑崙之源，

〔註4〕《說詩晬語‧卷上一》，《原詩、一瓢詩話、詩詩晬語》合訂本，霍松林、杜維沫校注，北京市：人民文學出版社，1979年北京第1版，頁186。

〔註5〕張健《清代詩學研究》，北京：北京大學出版社，1999年，頁520。

於詩教未必無稍助也夫。

這裡他清楚的指出他編選《古詩源》的目的是「既以編詩，亦以論世」，是要讀詩者藉著這樣以風雅爲準則所編選之詩集，去探究詩歌的精神，就在於詩歌的教化作用。其後的《明詩別裁集》序中也說選明代之詩是提倡「大雅」、「正聲」，並說自己所選的詩「皆深造渾厚和平淵雅，合於言志永言之旨」而晚年的《重定唐詩別裁集》序中又再重申：「至於詩教之尊，可以和性情、厚人倫、匡政治、感神明。」《國朝詩別裁集》中也說「爲祈合乎溫柔敦厚之旨，不拘一格也」、「總求無戾於風雅之旨也」。綜上所述，可以看出沈氏他建構詩歌史一貫的標準和目的都是爲了提倡詩教，《古詩源》的編選也不例外。

三、補王士禎《古詩箋》之不足

沈德潛在《古詩源》例言中指出：

> 新城王尚書向有古詩選本，抒文載實，極工裁擇，因五言七言分立界限，故三四言及長短雜句，均在屏卻。茲特採錄各體，補所未備。又王選五言兼取唐人，七言下及元代，茲從陶唐氏起，南北朝止，探其源，不暇沿其流也。

王士禎的古詩選本，即《古詩箋》，是以五言和七言分說，可說是以漢魏詩體爲標準的古詩選，王氏承襲了明代以來七子派和以陳子龍爲代表的雲間派尊漢魏傳統的觀念，同時也肯定唐代古詩之價值，認爲唐代亦有其古詩之傳統，所以選五言古詩從漢十九首至唐五家（陳子昂、張九齡、李白、韋應物、柳宗元）爲止，七言從古逸而下及元代吳立夫爲止。沈德潛編《古詩源》時，有不少觀念與批評是受到王士禎這本選集的影響。例如：王士禎和七子對於六朝詩的態度是不同的，他肯定六朝詩的價值，而沈德潛在《古詩源》中「對六朝古詩傳統的價值評判，大體是沿襲王士禎五言古詩選本。所以我們可以說，漢魏、六朝古詩傳統的價值格局基本上是王士禎論定的」〔註6〕沈德

〔註6〕同上註，頁408。

潛肯定王士禛的古詩選本，說他所選所評詳實，並且選詩的態度是非常謹慎的，然而就古詩而言，沈德潛在詩歌體裁和詩歌史發展上則和王士禛有所不同。沈德潛既以此編乃爲上溯風雅，所選之古詩就不應只限五言、七言，所以他還收入了三、四言詩和長短雜言詩，甚至還有每個朝代的歌謠俚曲。因爲沈德潛此編是強調唐詩之源，而欲上接《三百篇》之傳統，只要是合於詩教者和能從中看出詩歌歷史發展者，都是他選入的範圍。

因爲他是針對唐朝以前的詩歌，所以重在探其源而不沿其流去選唐以後之古詩。所以他選詩的範圍上從陶唐氏起下至隋代爲止。這也是他和王士禛古詩選本不同之處，亦可說一方面在詩歌理論上他繼承王士禛對古詩傳統的某些觀念，另一方面也更加確立他詩歌體系的建構，爲後代論詩樹立準則，這也是他編選詩歌集的動機之一。

第二節　《古詩源》之形式分析

本詩選集的形成，在結構上約略可分爲四部份：（一）選；（二）編；（三）評；（四）作者小傳。本節將用（一）選詩標準；（二）編排方式；（三）評論基準；（四）、詩歌背景，此四部份來分析《古詩源》在結構上有何特色。

一、選詩標準

從數量上說，沈氏共選古詩七百五十四首，各朝選取數量如下表：

朝代	古逸	漢	魏	晉	宋	齊	梁	陳	北魏	北齊	北周	隋	總計
詩數	106	141	66	139	103	45	86	22	11	10	17	28	754

以作家來說，選取較多的十家如下表：

詩人	陶潛	鮑照	謝朓	顏延之	謝靈運	曹植	庾信	何遜	沈約	陸機
詩數	56	39	34	26	25	24	15	13	12	12

從上表可以看出，以漢末、魏、晉、宋的數量較多，較少者除了

北魏、北齊、北周外，是齊、陳和隋。而作家中前三名爲陶淵明（晉）、謝朓（齊）和鮑照（宋）。從朝代和作家的統計，多少可以看出在選詩剪裁過程中的意義，我們可以說選入者和選多者必定符合沈氏的偏好，這偏好我們可進一步將之歸納爲其選詩的積極標準，選少者及不選者則歸爲選詩的消極標準，以下分別就這兩部分來談：

（一）積極標準

在前面成書動機的部分曾談到沈德潛編詩目的在溯唐詩之「源」。這個源一方面是「歷史的源」，即詩歌隨時代變遷而產生變化；另一方面則正「價值之源」，以《詩經》之「風雅」作爲準則，去看唐詩之源，他在序中也說因編完唐詩後欲究其盛之因，乃溯隋陳而上極乎黃軒，可以說將古詩中較雅者都收在此編中。此外，在書前例言也一再強調以「雅」來作爲篩選標準，如開端即明言「康衢擊壤，肇開聲詩……詩紀備詳，茲擇其尤雅者」，所以一方面在題材內容上必是有益於世道人心且憂國憂民的；另一方面，在表達上還必須溫和委婉。綜上述可歸納出他擇詩的兩個標準：一是能窺見詩歌發展線索者；二是符合溫柔敦厚之詩教者。

1. 能窺見詩歌發展線索者

根據上述所選列的統計資料，可以知道他選取較多的詩家，代表對他們的評價較高，也是符合他選詩標準者。他特別注重漢樂府和〈古詩十九首〉，因爲它們直接繼承了《詩經》的傳統。魏晉時代曹植、陶淵明等人選篇特多，因爲他們不但代表當時詩歌發展之方向，對於後代詩人的影響也很大。如在曹植〈聖皇篇〉中沈德潛評曰：「處猜嫌疑貳之際，以執法歸臣下，以恩賜歸君上，立言最得體處，王摩詰詩云：『執政方持法，明君無此心』深得斯旨。」又如應瑒〈侍五官中郎將建章台集詩一首〉沈氏評曰：「魏人公讌，俱極平庸，後人應酬詩，從此開出，篇中代雁爲詞，音調悲切，異於眾作，存此以備一格。」這裡他標示了後代應酬詩是從魏的作家群在應酬間的贈答而

來，而應瑒之作，獨具新意，說明了應酬詩之「源」；又如在卷十一評鮑照的〈遇銅山掘黃精〉：「清而幽，謝公詩中無此一種，此唐人先聲也」；又如卷十二評謝朓〈玉階怨〉：「竟是唐人絕句，在唐人中為最上者」；卷十四評江總〈閨怨篇〉：「竟似唐律，稍降則為塡詞矣」等等，在在都顯示出他在評選時注重詩歌發展的線索，〔註7〕尤其是對唐代詩歌之影響顯著者，是他選詩時特別注意的。另外，從各朝代所選之詩篇數目和沈氏在《古詩源》例言中的說明，同樣能看出他編選時著重的地方。如從上古起旁採正史、諸子和古逸之詩，為的是「窮詩之源」；漢代以五言為標準，除了古體詩外，也補上《昭明文選》未選之樂府，並且提醒讀者樂府中亦具風、雅、頌三體，要分別來看。魏晉之時，則曹氏父子為大宗，鄴下諸子為別調，晉以陶淵明首屈一指。「詩至於宋，體製漸變，聲色大開」、「齊人寥寥」、「蕭梁之代，風格日卑」、「隋煬帝艷情篇什，同符后主，而邊塞諸作，矯然獨異，風氣將轉之候也」等等都可以看出他編選詩時注重各朝代詩風的變化，而從中再用其一貫的標準來裁選詩作，就是符合溫柔敦厚詩教的作者及作品。

2. 符合溫柔敦厚詩教者

從沈德潛早期從師於葉燮，之後逐漸建立自己的詩觀，以儒家詩教為其論詩之宗旨，而為了扭轉當時康熙詩壇宗宋之風，他開始著手編輯詩選，由《唐詩別裁集》、《古詩源》、《明詩別裁集》到《清詩別裁集》，這一系列選詩的工作，他始終堅持一個不變的標準，就是必選符合溫柔敦厚詩教者，甚至在他論詩的專著《說詩晬語》中也同樣秉持著這樣的信念。他在《唐詩別裁集》序中說：

　　　既審其宗旨，復觀其體裁，徐諷其音節。〔註8〕
又於〈七子詩選序〉中說：

〔註7〕見附錄一，筆者將沈氏於《古詩源》評語中有「源於此」、「本此…」、「奪胎於此…」等有關之詞歸納整理於附錄一。
〔註8〕《唐詩別裁集》序，《彙編》頁386。

予惟詩之爲道，古今作者不一，然攬其大端，始則審宗旨，
繼則標風格，終則辨神韻。〔註9〕

更在晚年的《重訂唐詩別裁集》序中詳加說明：

先審宗旨，繼論體裁，繼論音節，繼論神韻，而一歸於中
正和平。

由此可以歸納出他論詩的四個標準：宗旨、體裁、音節、神韻。四個
標準中又以宗旨爲先，也就是強調詩歌的思想內容爲優先選錄的標
準，而宗旨者，「原乎性情者也」。他在《清詩別裁集》凡例中說：

詩必原本性情，關乎人倫日用，及古今成敗興壞之故者，
方爲可存，所謂其言有物也。若一無關係，徒辨浮華，又
或叫號撞搪以出之，非風人之旨矣。

也就是說，詩歌的思想內容一定要合乎人的性情、倫常，並與國家之
興衰成敗有關，才叫「言有物」，也就是作品中性情能體現出政治道
德方面的價值和意義。如他在《古詩源》例言中提到他在各代詩人之
後採錄歌謠，是和郭茂倩編《樂府詩集》收錄〈雜歌謠辭〉的目的一
樣，謂「觀此可以知治忽、驗盛衰」。這和他強調詩歌有教化作用的
觀念相符，所以他在選詩時也收錄了當代流行之歌謠，認爲民間歌謠
反映人民的心聲，統治者可以藉由這個管道得知民心向背或民生疾
苦，甚至，從一些具有諷刺的歌謠俚曲中，得到警惕或借鑑，一般詩
歌選本對於這種民間諺語歌謠從文人選詩的角度可能認爲過於俚俗
或粗鄙，但沈氏不輕忽來自民間的聲音，認爲民間歌謠從「下以諷上」
的角度，有其政教之功能，這也是《古詩源》和其他選本不同之處。
反之，如果作品中只毫無節制抒發個人之喜怒哀樂，這樣的作品就不
合於《詩經》風雅的準則，對於世道人心更無助益，因此就不予選錄。
此外，這種合於教化的思想內容，在政治上有諷諫在位者或助益於風
俗人心，所以在表達上更要用委婉含蓄的方式來表達，也才符合《詩
經》比興之精神。《古詩源》序中就說：

〔註9〕同上註，頁402。

> 書成得一十四卷，不敢謂已盡古詩，而古詩之雅者，略盡
> 於此。

沈德潛在編選古詩，不在於將唐以前之詩盡收於此，而是有所篩選，篩選的標準就是「雅音」。是重其「質」而非「量」，這個「質」就是「符合於上古《詩經》風雅之精神並有助於教化者」。進一步說，一方面在內容上不可踰越封建倫理的範圍，不能對封建秩序有激烈的怨憤；另一方面在風格上要平穩沉鬱，典雅莊重，不能恣肆放狂，一覽無餘。從他實際的選詩中觀察，就可以得知他選古詩是以溫柔敦厚之詩教為尊的。如於古詩十九首〈冉冉孤生竹〉後評「溫厚之致也」外，其他如評卷三〈豔歌行〉說：

> 與〈陌上桑〉、〈羽林郎〉同見性情之正，國風之遺也。

如卷二評韋孟〈諷諫詩〉：

> 肅肅穆穆，漢詩中有此拙重之作，去變雅未遠。

卷四評辛延年〈羽林郎〉：

> 駢麗之詞，歸宿卻極貞正，風之變而不失其正者也。

以上三例，沈氏皆在強調漢代繼承《詩經》風雅之精神，抒寫的內容是合於人倫之常情而不踰矩，詩風拙重、貞正，是去風雅未遠也。又如卷十評宋詩：

> 宋人詩日流於弱，古之終而律之始也。無鮑、謝二公，恐
> 風雅無色。

上引之例，顯示出沈氏以是否近風雅，或在其作品內涵中是否蘊含著風雅作為他所推重的標準。此外在作品主題的表達上，他也以含蓄蘊藉，情深意婉者為其擇詩之準。如卷十二評謝朓〈同謝諮議詠銅雀臺〉：

> 笑魏武也，而托之於樹，何等涵蘊，可悟立言之妙。

又如卷十三評梁詩衛敬瑜妻王氏〈孤燕詩〉：

> 貞潔語出以和婉，愈能感人。

及卷十四〈咸陽王歌〉：

> 深情出以婉節，自能動人一時。

從上例可以看出沈氏對情感的表達或敘述，都是主張隱約含蓄，對於

過分刻露者則加以屏棄。情感的表達要「發乎情，止乎禮」，若「質直敷陳，絕無蘊藉」是不足以感動人的。

（二）消極標準

我們從實際的選詩行動中，也可以發現他對於某些詩家及詩作選取較少甚至不選的理由，從書前例言和詩評當中我們可以歸納出他之所以少選或不選的幾個標準：1.不合詩教者；2.經考證為偽詩且內容誣不可信或近似時人之作者；3.不能句讀韻誦者；4.過於刻鏤堆垛而失自然者。以下分別說明：

1. 不合詩教者

沈氏在例言中說：

> 詩非談理，亦烏可悖理也。仲長統〈述志〉云：「畔散五經，滅棄風雅，放恣不可問矣。」類此者概所屏卻。

沈氏認為詩和散文不同，雖不是用來談論事理，但詩亦有它基本的原理原則在，有它形式內涵的標準在，那標準便是以儒家論詩時所力倡的詩教傳統，所以他在選詩時，只要是違背這樣的基本原則者，一概刪除。以這樣標準來看晉以後南朝那些樂府民歌，雖然沈氏肯定它們在語言表現、風格情調上別具一格，但以儒家詩教的觀點來說，是不足以作為初學者的典範的，所以沈氏說這些詩「雅音既遠，鄭衛雜興，君子弗尚也。」沈氏說他在《唐詩別裁集》中不選西崑、香奩體也是基於這樣的原則。《唐詩別裁集》序說：「……既審其宗旨，復觀其體裁，徐諷其音節，未嘗立異，不求苟同，大約去淫濫以歸雅正，於古人所云微而婉、和而莊者，庶幾一焉，此微意所存也。」刪去淫濫的鄭衛之音，擇選微婉和莊的雅正之音，正是沈氏在編詩時一貫的準則。沈氏於《古詩源》各家詩評中也具體說出自己不選某家或某詩的原因，如卷十二簡文帝下云：

> 詩至蕭梁，君臣上下，惟以艷情為娛，失溫柔敦厚之旨，漢魏遺軌，蕩然掃地矣，故所選從略耳。

南朝君主，大多愛好、獎勵文學，唯君臣上下，競豔爭奇，將詩文做

為宮廷的娛樂消遣品，詩文中反映了當日君臣荒淫無度的生活，這些作品在宋齊時代有不少，到了簡文帝蕭綱，幾乎傾力於用華美詞句來掩飾其淫濫內容之作。《南史‧簡文帝本紀》說：「辭藻豔發，博綜群言。……然帝文傷於輕靡，時號宮體。」像這些充滿艷情的詩歌，從沈氏倡言儒家詩教觀中，是不符合溫柔敦厚的詩教宗旨者，所以都不予選錄。

2. 考證為偽詩且內容誣不可信或近似時人之作者

沈氏在《古詩源》例言中提到漢代以前有很多詩歌是後人偽作，不過有些作品雖然已知是後人偽作，但因其內容尚有可取之處，所以沈氏也收入在詩集中，如夏禹〈玉牒詞〉和漢武帝的〈落葉哀蟬曲〉。沈氏在〈玉牒詞〉後評曰：「竟似歌行中名，語開後人奇警一派。」沈氏雖也疑其為後人所擬，但注重它對後代以奇險警語為詩者之影響，故仍選入作品中；而漢武帝的〈落葉哀蟬曲〉則是意境優美而加以採入。但是有一些作品就很明顯可以看出是偽作，如卷二項羽〈垓下歌〉後評虞姬之和答歌：「竟似唐絕句矣，故不錄。」；除此之外，〈蘇武妻答詩〉沈氏在《古詩源》例言中也說：「詞近於時」，像這類作品，即使其他選詩者加以採入，沈氏將之屏除於外。

3. 不能句讀和無韻不成誦者

沈氏編選古詩，甚為重視聲律音韻，但由於時代久遠，有些詩，經後人考證後還是無法句讀或誦讀者，也是他不選的作品。像他在〈例言〉就引用曹植的說法：「漢曲訛不可辨」說魏晉之人看漢詩尚且有訛誤不可辨視之處，更何況是清代？所以那些訛誤不能辨讀者，他也不予選取。此外又如卷三針對漢樂府鼓吹〈鐃歌十八曲〉，曲中字多訛誤，他也只選取可誦讀者如〈戰城南〉、〈臨高台〉、〈有所思〉、〈上邪〉等四首。

4. 過於刻鏤堆垛，失自然而生硬者

沈氏在卷二韋孟〈諷諫詩〉後評：「蕭蕭穆穆，漢詩中有些拙重

之作，去變雅未遠，後張華、二陸、潘岳輩四言，憮憮欲息矣，故悉汰之。」沈氏論四言詩這段話在其《說詩晬語》卷上亦有類似之言，〔註10〕二者相去不遠，主要是說四言詩的風格體裁以《詩經》為準則，至兩漢時以「肅穆」為正，至晉劉越石又於拙重之外「感激豪蕩」，似詩之「變雅」，而發展至張華、二陸、潘岳輩，則距雅正之音日遠，令人憮憮欲息，所以大都刪去而不選。像張華的作品僅選〈勵志詩〉，其評為：「筆力不高，少凌空矯捷之致」。二陸之四言詩僅選陸機〈短歌行〉、〈隴西行〉和陸雲〈谷風〉，沈氏評陸機曰：「降自梁、陳，專攻隊仗，邊幅復狹，令閱者白日欲臥，未必非士衡為之濫觴也，茲特取能運動者十二章，見士衡詩中，亦有不專堆垛者」可見沈氏認為陸機其他作品只是工於塗澤，專於隊仗堆砌而未能感人，故不予選錄。至於潘岳，沈氏評曰：「安仁黨於賈后，謀殺太子遹，與有力焉。人品如此，詩安得佳也？潘陸詩如剪綵為花，絕少生韻，故所收從略。」所以沈氏反對陸機〈文賦〉所說的「詩緣情而綺靡」，詩中光有綺詞麗句，不足以感人，就像是絲綢做的假花，缺乏真花的靈動神韻。因此對於潘、陸詩，選取不多的原因即在於此。

其次，過於刻露而使詩生硬不自然者沈氏也加以屏除。明顯的例子如卷十宋詩謝惠連下沈氏評曰：「謝宣遠詩一味刻鏤，失自然之致，詠張子房作，為生硬之尤者，雖當時推重，刪之。」沈氏論詩主張審宗旨、標風格和辨神韻，若作品只是刻鏤文字，失於流暢自然之風格神韻者，一概刪除不選。

以上約略可以出看作者從什麼角度來編選這本詩集，之後再進一步去觀察作者如何編排這些入選之詩。

〔註10〕《說詩晬語・卷上》：「四言詩締造良難，於三百篇太離不得，太肖不得：太離則失其源，太肖祇襲其貌也。韋孟〈諷諫〉、〈在鄒〉之作，肅肅穆穆，未離雅正。劉琨〈答盧諶篇〉，拙重之中，感激豪蕩，準之變雅，似離而合。張華、二陸、潘岳輩，憮憮欲息矣。」同第二章註2，頁198。

二、編排方式

　　沈氏選古詩於編排上是先分朝代再錄各家詩人之詩，卷一爲古逸，卷二至卷四爲漢詩，五、六爲魏詩，七、八、九是晉詩，十、十一爲宋詩，十二爲齊、梁詩，十三爲梁詩、十四爲陳、北魏、北周和隋詩。同一時代下之不同詩人以其生年前後來排序，最後附上歌謠；而同一詩人之下，又分選其各類體裁之詩，有四言、五言和雜言。進一步探究，沈氏這樣的編排方式，在批評上有何意義？

　　詩選的作品編排一般可分爲三類：一爲按照體制分類，先分各體（如五古、七古……）等，再於各體下列作者和作品；二是依作者分類，作者之下作品再依體制排列，重在突顯不同作者之風格；三是依作品題材分類，於各題材下再分列作者與作品。沈氏於《古詩源》中除古逸一卷外，其餘都是依作者來分類，不同於王漁洋《古詩箋》以體制分類後再選各家詩，沈氏從各朝代之整體風格下看詩人個別之風格，不同於《詩品》以五言爲主而後分上、中、下品來說明各家源流。筆者去探究爲何沈氏不用《詩品》的方式或用漁洋以體制分述的方式？先說體制，明代許學夷《詩源辯體》凡例就其分類方式說：「漢魏詩體渾淪，別無蹊徑，然要其中亦不免有異，故先總而後分；至唐人則蹊徑稍殊，體裁各別，然要其歸又無不同，故先分而後總。」〔註11〕許學夷在分類時因體制的問題，認爲漢魏詩的體制尙未發展完備，故先總論而後分述；至唐以後詩的各種體裁已發展完備，就可以分體論述最後歸納其要點。所以沈氏在選詩的編排上不同於王士禎選古詩的方式也不同於沈氏之前所編輯《唐詩別裁集》之法，可解釋其理，因唐以前之詩體製發展未完備，沈氏選詩的目的在探唐詩之源，以朝代之下列作家及其作品之方式，是較能突顯沈氏之詩史觀。

　　羅根澤《中國文學批評史》說，中國文學上的文體大多出於演變而非創造，出於演變則後代之文體會和過去的文體跡象相似，所以站

〔註11〕許學夷《詩源辯體》卷一，杜維沫校點，北京：人民文學出版社，西元 1987 年 10 月北京一版，頁 1。

在探源的立場，與過去的文體不分則無庸細分，站在窮流的立場則不能混同。〔註12〕所以，從沈氏這本選集的編排的方式我們可以更進一步瞭解其欲引導讀者探唐詩之源的意義。

三、評論基準

沈氏在這本選集中和他其他選集一樣在詩人、詩題及作品下有評語，而這些評語顯示沈氏對於詩人和詩作的觀點，從他評論的基準可以歸納出三個方向：一是詩歌發展史和詩歌體裁的規範；二是詩歌的風雅傳統；三是詩歌創作的藝術手法。

（一）詩歌發展史和詩歌體裁的規範

從縱向的詩歌發展史來看，沈氏在編《唐詩別裁集》後，爲使學詩者知詩歌源流之發展，故上探古詩以溯其源，因此在《古詩源》評論上他注重詩歌整體發展的陳述，並且對於體制的變化加以說明，而詩歌體制隨歷史演變有「正」有「變」，〔註13〕如前面提到沈氏並未將《昭明文選》中陸機、陸雲等人之四言詩俱以收錄的原因，主要在於他們不合四言詩的體例規範。漢以後之四言詩仍然繼承《詩經》傳統，在內容上仍有匡正諫議之義，《文心雕龍・明詩》論四言詩之風格特色說：「四言正體，則雅潤爲本。」又說：「漢初四言，韋孟首創，匡諫之義，繼軌周人。」鍾嶸在《詩品》中也說：「四言文約義廣，

〔註12〕羅根澤《中國文學批評史》：「一種新的文體產生，有的出於創造，有的出於演變。出於創造者突然而來，與過去的文體，顯然不同；出於演變者，潛變默轉，所以與過去的文體跡象相似。就中國文學史上的文體而論，大部分是出於演變，不是產生於創造。惟其如此，所以探索本原，則與過去的文體不分；窮究末流，則與過去的文體迥異。站在探源的立場，則無庸細分；站在窮流的立場，則不能混同。」台北市：學海出版社，民國79年2月，頁174。

〔註13〕前面提到沈氏繼承葉燮詩歌正變之觀念，就詩之「源」《詩經》而言，是「以時言詩」，故「正變繫乎時」；就詩之「流」而言，則是「以詩言時」，是「正變繫乎詩」，它的發展是受「體格、聲調、命意、措辭、新故升降之不同」的影響。而沈氏在這樣的基礎上，去看後代詩歌發展的變化及其體制之正變。

取效風雅，便可多得，每苦文繁意少，故世罕習焉。」劉勰和鍾嶸都認爲四言詩之正體乃是繼承風雅以雅潤文本，規範四言詩的體制類型和風格，沈氏也本此說，故在卷二漢詩韋孟〈諷諫詩〉後評曰：

> 肅肅穆穆，漢詩中有此拙重之法，去變雅未遠。

變雅與正雅的「坦蕩整秩」不同，是迂迴參錯，語多深奧的。韋孟〈諷諫詩〉中仍承襲著變雅憂憫規刺的內容風格，在表達方式上也是肅穆莊重，迂迴深奧。在《說詩晬語》論各家四言詩時說：

> 四言詩締造良難，於三百篇太離不得，太肖不得：太離則失其源，太肖祇襲其貌也。韋孟〈諷諫〉、〈在鄒〉之作，肅肅穆穆，未離雅正。劉琨〈答盧諶篇〉，拙重之中，感激豪蕩，準之變雅，似離而合。張華、二陸、潘岳輩，憮憮欲息矣。〔註14〕

從這裡我們可以看出，從漢朝韋孟之後，中間有曹操別於《三百篇》外，自開奇響，到晉之劉琨，四言詩從雅潤拙重之中加入了感激豪蕩的風格，從變雅的標準來衡量，他仍未脫離四言詩應有的體制規範，其他的四言詩作者如張華、二陸、潘岳等人幾乎已經失去了四言詩應有之體制，僅於詞采上堆垛，所以胡應麟說他們「連篇累牘，絕無省發，雖多奚爲」。〔註15〕又說：

> 叔夜送人從軍至十九首，已開晉宋四言門戶，至士龍兄弟泛瀾靡冗，動輒千言，讀之數行，掩卷思睡。說者謂五言之變，昉於潘陸。不知四言之亡，亦晉諸子爲之。〔註16〕

晉、宋的四言詩，可說是由嵇康開啟，沈氏《古詩源》卷六魏詩嵇康下說：

> 叔夜四言，時多俊語，不摹仿《三百篇》，允爲晉人先聲。

〔註14〕《說詩晬語·卷上·四十七》，同第二章註2，頁199。

〔註15〕胡應麟《詩藪·內篇》卷一說：「四言漢多主格，魏多主詞，雖體有古近，各自所長。近諸作者浮慕三百，欲去文存質，而繁靡板垛，無論古調並工語失之。今觀二陸、潘郭諸集，連篇累牘，絕無省發，雖多奚爲」。台北市：廣文書局，民國62年9月初版，頁49。

〔註16〕同上註。

故沈氏所選皆為其四言詩，其後之束皙〈補亡詩六章〉雖以補《詩經》六篇亡詩的形式出現，但在風格上已非周雅之類，故沈氏評曰：

　　文章不類周雅，然清和潤澤，自是有德之言。

依沈氏之評，晉初之四言詩，大抵而言，仍能維持清俊之風，至於後來陸機等人則開始走向排偶堆垛，使四言詩毫無生氣，所以雖然在《文選》中他們四言詩不算少，沈氏也僅選陸機〈短歌行〉、〈隴西行〉二首和陸雲的〈谷風〉數首，在陸機〈短歌行〉下沈氏評曰：

　　詞亦清和，而雄氣逸響，杳不可尋。

可見沈氏所選其四言詩亦是屬於清和風格者。之後的陶淵明更是以清腴見賞，沈氏透過評語中對陶、陸四言詩之比較，突顯出陶詩境界之高，在卷八評陶潛〈歸鳥詩〉說：

　　他人學《三百篇》，癡而重，與風雅日遠。此不學《三百篇》，
　　清而腴，與風雅日近。

沈氏一方面批評潘張二陸四言詩癡重，另一方面標舉陶之四言詩雖不刻意仿效《三百篇》，但因風格清腴，本乎純真摯性，反而近於四言詩之雅正。沈氏之說同於許學夷《詩源辯體・卷六》：

　　陶靖節四言，章法本風雅，而語自己出，初不欲範古求工
　　耳。然他人規規摹倣，性情反窒。靖節無一語盜襲，而性
　　情溢出矣。〔註17〕

「性情溢出，語自己出」即沈氏所說不學《三百篇》而近風雅。四言詩正如胡應麟所說至淵明已盡，而亡於晉諸子堆垛靡冗之中了。

　　所以從沈氏的《古詩源》評語中，以四言詩為例，他以縱向的詩歌發展史來看四言詩的發展歷程，以《三百篇》為四言詩「雅潤」之典範、正則，縱使後代在繼承中有變化，如曹操的奇響、劉琨的豪邁，至陶潛發展成一種清腴的四言詩，總結來說，沈氏評論的基準之一是從詩歌發展史上對「古格的標舉與追尋」，雖強調復古，卻也不否定其發展變化。

〔註17〕同註第二章註9，頁98。

　　沈氏縱觀四言詩之發展變化，是以崇尚《三百篇》之章法風格爲基準，在檢視後代四言詩發展的同時，又不否定其變化。其次，就個人風格而言，沈氏重個人風格、作法源出於何處，去看出前代詩人詩作對後代之啓發及影響。如對盛唐之杜甫之作法脫胎於某某、或從某某出、或源於此，有較多的敘述。卷二漢詩華容夫人〈歌〉沈氏評曰：

　　　　杜少陵鬼妾、鬼馬等語從此種化出。

卷三漢詩蔡琰〈悲憤詩〉下沈氏評曰：

　　　　段落分明，而滅去脫卸轉接痕跡，若斷若續，不碎不亂，
　　　　少陵〈奉先詠懷〉、〈北征〉等作，往往似之。

鍾伯敬《古詩歸》評杜甫〈北征〉曰：

　　　　〈奉先詠懷〉、〈北征〉等篇，當於潦倒淋漓，忽反忽正，
　　　　時斷時續處，得其篇法之妙。

沈氏於評蔡琰〈悲憤詩〉之中，點出其章法之獨特處，即夾議夾敘，在段落銜接處不露痕跡，杜甫〈奉先詠懷〉和〈北征〉二篇，正具備這種特點，足見少陵此種章法，和蔡琰之〈悲憤詩〉類似，從而突出〈悲憤詩〉之價值。又如卷六魏詩王粲〈七哀詩〉下，沈氏評曰：

　　　　此杜少陵〈無家別〉、〈垂老別〉諸篇之祖也。

王粲〈七哀詩〉作於東漢末年戰亂之際，目睹西京亂象，有感而作，並盼望聖明者能建立清平之治的理想，而杜甫這兩首詩也同樣是在戰爭的背景下所寫的，從一般百姓的角度去描寫人民在戰亂中所遭受的痛苦。方植之《昭昧詹言》評王粲〈七哀詩〉說：「感憤而作，氣激於中，而橫發於外，後惟杜公有之。」又說：「筆勢飛鳴，後惟杜公有之。」所以杜甫不僅在內容題材上承襲了王粲的〈七哀詩〉，在筆法氣勢上也可說受其影響，所以沈氏說此篇是少陵〈無家別〉、〈垂老別〉這幾篇之祖。又如卷七晉詩郭泰機〈答傅咸〉下沈氏評曰：

　　　　老杜〈白絲行〉本此。

這是郭泰機唯一流傳下來的五言古詩，這首詩主要是以機杼下的寒女自喻，說明當時有才能的貧寒之士，有待於顯貴者的推薦而施展理想

抱負，但顯貴者卻找藉口推諉，全然不關心貧寒之士的辛苦奔波。全詩巧妙之處就是用比興手法來諷諭傅咸，也表達了對當時士庶對立之門閥制度的不滿。而杜甫的〈白絲行〉也是藉著華服裁製的過程，來比喻士人欲從政施展才能而過程艱辛。所以沈氏說杜甫〈白絲行〉可以說以此爲本。

　　前面論及沈氏從縱向歷史的角度先試就整體的詩史發展作評論，次就個人風格、創作方式對後代之啓發影響來作爲評論之基準。再者要從橫向的風格類型來看沈氏評論之基準。分兩方面來看：一是比較兩個作者間的風格，二是直評個別作者的風格。就前者而言，如卷十宋詩謝靈運下，沈氏比較他和陶淵明之異同：

> 陶詩合下自然，不可及處，在眞在厚。謝詩追琢而返於自然，不可及處，在新在俊，千古並稱，厥有由夫。陶詩高處在不排，謝詩勝處在排，所以終遜一籌。

這段話也重見於《說詩晬語》卷上，而歷代詩評論者，將兩人並稱，由於共同具有自然之特色，如楊時《龜山語錄》卷一就說陶詩不可及者在「沖澹深粹，出於自然」，朱熹也說陶詩所以爲高，正在不待安排，從胸中自然流出。而《南史・顏延之傳》中鮑照說謝靈運的五言詩如「芙蓉初發，自然可愛」，梁簡文帝說謝客「吐言天拔，出於自然」，皎然《詩式》也說謝詩「風流自然」等等，然而沈氏於此更精確的指出，兩人雖同屬自然，但陶是合下自然，謝是經營雕琢後「返於自然」，其實在此處可以見其高下。後面沈氏又比較兩人高明之處，陶詩不重排偶，謝詩多排句，蘇文擢在《說詩晬語詮評》中說到「排」於此處有二義，一是鋪排，就謀篇而言；二是排偶，就造句而言。《詩品》說「陶公文體省淨，殆無長語」，而謝詩從多方面來看，佳句大多用偶句，句法又求新奇，所以沈氏認爲謝不及陶。由此我們可知沈氏從兩種相近風格中，指出其差異處。

　　而在直評個別作者方面，如卷六魏詩沈氏評陳琳〈飲馬長城窟行〉說：

無問答之痕而神理井然，可與漢樂府競爽矣。

陳琳這首詩主要是描寫興築長城所帶給人民的痛苦，詩中人物的思想活動，均以對話的手法展開，而對話的形式又巧於變化，所以沈氏說他在表現手法上「無問答之痕」。沈氏評詩在章法技巧方面，十分重視自然渾成，同時他認爲詩人要有眞摯之性和深厚之情才能自然，陳琳以漢樂府爲題，在內容題材上能表現出對人民痛苦的深刻體會，藉著人物對話的細膩描寫，使主題鮮明的呈現出來，雖以古樂府爲題，卻能不因擬古或仿古而拘泥於古法，在全詩中有一種他自己的性情面目，即沈氏評詞中所謂的「神理」，就是詩人之本意、詩人的性情面目，這也是沈氏在詩歌創作之技巧中所強調的要「以意運法」，才可以存「己之神理」，〔註18〕所以沈氏說陳琳這首詩「可與漢樂府競爽」。沈氏結合了形式與內容的批評，可看出他評詩的準則。

（二）詩歌的風雅傳統

沈氏注重詩歌的教化功能，前面曾經提到沈氏在選詩，是否符合詩教是他選詩標準之一，而他在評詩時，同樣也以這個基準來評。所謂的風雅傳統，就是繼承《詩經》以來，要求詩歌作品在內容上要有教化的功能，在表達上要委婉含蓄。沈氏評詩時，秉持著儒家詩學的基本傳統，即政治倫理價值優先於審美價值，詩歌不只在協聲律、穩體式、飾華辭，更具有厚人倫、明得失，並有利於天下國家之作用，他說：

> 天壤間詩家不一，諧協聲律，穩稱體式，綴飾辭華，皆詩也。求工於詩而無關輕重，則其詩可以不作。惟篤於性情，高乎學識，而後寫其中之欲言，于以厚人倫，明得失，昭法戒，若一言出而實可措諸國家天下之間，則其言不虛立，而其人不得第以詩人目之。〔註19〕

聲律、體式、華辭都是詩歌外在審美的價值，沈氏認爲作詩僅於這個

〔註18〕 《說詩晬語·卷上·十一》：「詩不學古，謂之野體。然泥古而不能通變，猶學書者但講臨摹，分寸不失，而己之神理不存也。」同第二章註2，頁188。
〔註19〕 〈高文良公詩序〉，《歸愚文鈔餘集》卷一。

層面，詩不如不作。詩人本身必須有篤厚的性情，高明淵博的學識，所寫出來的作品才具有社會功能與政治倫理價值。他贊同韓愈所說的「詩正而葩」，並且指出詩正，乃是詩人性情之正，先論詩歌宗旨，而後論其審美價值，這樣的觀點也同樣表現在他評詩之中，而且他特別重視後代詩歌對《詩經》傳統的繼承。如：

〈安世房中歌〉總評：郊廟歌近頌，房中歌近雅，古奧中帶和平之音，不膚不庸，有典有則，是西京極大文字。(卷二漢詩)

〈艷歌行〉：與〈陌上桑〉、〈羽林郎〉同見性情之正，國風之遺也。(卷三漢詩)

辛延年〈羽林郎〉：駢麗之詞，歸宿卻極貞正，風之變而不失其正。(卷三漢詩)

〈古詩爲焦仲卿妻作〉：別小姑一段，悲愴之中，復極溫厚，風人之旨。(卷四漢詩)

〈古詩十九首〉：十九首大率逐臣棄妻、朋友闊絕，死生新故之感，中間或寓言、或顯言，反覆低徊，抑揚不盡，使讀者悲感無端，油然善入，此國風之遺也。(卷四漢詩)

蘇李十九首，每近于風，士衡輩以作賦之體行之，所以未能感人。〈文賦〉云：詩緣情綺靡，殊非詩人之旨。(卷八晉詩)

孝武帝：宋人詩日流於弱，古之終而律之始也，無鮑謝二公，恐風雅無色。(卷十宋詩)

顏延之：顏詩惠休品爲鏤金錯采，然鏤刻太甚，填綴求工，轉傷眞氣。中間如〈五君詠〉、〈秋胡行〉，皆清眞高逸者也。

顏延之：士衡長於敷陳，延之長於刻鏤，然亦緣此爲累，詩云：穆如清風，是爲雅音。(同上)

陳昭〈昭君詞〉：雅音。(卷十四陳詩)

煬帝：煬帝詩能做雅正語，比陳後主勝之。(卷十四隋詩)

楊素〈贈薛播州〉(三章)：植林一聯言己與薛各奮事功，遣詞甚雅。(同上)

沈氏在《古詩源》序中說漢代由於距《詩經》的時代較近,所以承襲風雅傳統較顯著,從上述評詩之例,如〈郊廟歌〉、〈房中歌〉和一些樂府詩都直接繼承了《詩經》的傳統,沈氏將〈古詩十九首〉和蘇、李詩視爲漢代文人古詩之正則者,即是因爲它們有國風之遺響。而到了後代,晉之陸機開綺靡之風,宋之雕琢風氣日盛,所幸尚有謝靈運、鮑照,讓風雅傳統不致於消失,到齊、梁的綺縟,陳、隋的輕豔,風雅就僅能於字句間略見一、二,無復有漢魏之整體氣象了。

　　其次,這種風雅傳統在表達方式上講究委婉曲折、蘊藉含蓄的比興傳統,呈現出詩人及詩歌溫柔敦厚的性情。我們前面說過詩人作詩並非只在抒發個人自我之情緒,以儒家看待詩歌的作用而言,它同時是可用於對國事的關懷及對國君的諷諫上,因此,詩人作詩要達到良好的諷諫效果,即「言之者無罪,而聽之者足以諫」,就需要用「托物連類」、「借物引懷」的比興手法,而形成一種「言淺情深」、「含蓄蘊藉」的特徵。〔註20〕在沈氏詩評中,比興手法是他所推溯的審美表現之源,亦是最基本的表現手法。如:

　　〈古詩十九首〉(迢迢牽牛星):相近而不能達情,彌復可傷。此託興之詞也。(卷二漢詩)

　　〈古詩十九首〉(冉冉孤生竹):起四句比中用比。(卷二漢詩)

　　〈古詩三首〉:區區之誠,冀達高遠。通首託物起興,不露正意,彌見其高。(同上)

　　〈古歌〉:興意,若相關若不相關,所以爲妙。(同上)

　　鐃歌〈有所思〉:怨而怒矣,然怒之切,正望之深,末段餘情無盡。此亦人臣思君而託言者也。(卷三漢詩)

　　謝朓〈同謝諮議詠銅雀臺〉:笑魏武也,而托之於樹,何等

〔註20〕 《說詩晬語・卷上・二》:「事難顯陳,理難言罄,每託物連類以形之,鬱情欲舒,天機隨觸,每借物引懷以抒之;比興互陳,反覆唱嘆,而中藏之歡愉慘戚,隱躍欲傳,其言淺,其清深也。倘質直敷陳,絕無蘊蓄,以無情之語而欲動人之情,難矣。」同第二章註2,頁8。

含蘊，可悟立言之妙。(卷十二齊詩)

鮑照〈代東門行〉：「食梅常苦酸」一聯，與「青青河畔草」
篇忽入「枯桑知天風，海水知天寒」一種神理。(卷十一宋
詩)

樂府與五言古詩善於運用比興手法，主要是從國風沿襲而來的，這種
比興手法往往能使詩人將深刻的感情或高遠的思想寄託在事物中，運
用聯想的方式委婉而曲折的表達出詩人的本意，所呈現的就是一種溫
柔敦厚的特質。而詩人本意即詩人性情，沈氏評詩時認為動人的詩歌
來自於詩人性情之正，他說：

言之者肖其中之所欲出也。心躁者無和聲，心平者無競氣。
〔註21〕

詩人本身要心平氣和，所作的詩才能具有溫柔敦厚的教化功能，也就
是說，詩人本身內在的性情修養要高尚，所作的詩歌自然能流露出溫
厚和平的特質。沈氏在評詩時，亦相當重視詩人本意是否真摯深婉，
詩人在表達方式上是否發乎情止乎禮，如：

〈獲麟歌〉：和平語入人自深，此聖人之言也。(卷一古逸)

李陵〈與蘇武詩三首〉：此別用無會期矣，卻云弦望有時，
纏綿溫厚之情也。(卷二漢詩)

班婕妤〈怨歌行〉：用意微婉，音韻和平，〈綠衣〉諸什，
此其嗣響。(同上)

蘇伯玉妻〈盤中詩〉：使伯玉感悔，全在柔婉，不在怨怒，
此深於情似歌謠似樂府，雜亂成文，而意忠厚千秋絕調。(卷
三漢詩)

蔡琰〈悲憤詩〉：……激昂酸楚，讀去如驚蓬坐振，沙礫自
飛。在東漢人中力量最大，使人忘其失節，而祇覺可憐，
由情真亦由情深也。(卷三漢詩)

〈古詩十九首〉孟冬寒氣至：置書懷袖，親之也；三歲不

〔註21〕〈施覺庵考功詩序〉，《清代文學批評資料彙編》，頁389。

滅,永之也;然區區之誠,君豈能察識哉,用意措詞,微而婉矣。(卷四漢詩)

〈古詩十九首〉冉冉孤生竹:悠悠隔山陂,情已離矣,而望之無已,不敢做決絕怨恨語,溫厚之至也。(同上)

〈古詩為焦仲卿妻作〉:別小姑一段,悲愴之中,復極溫厚,風人之旨,故應爾耳,唐人作〈棄婦篇〉,直用其語,云「憶我初來時,小姑始扶床,今別小姑去,小姑如我長」,下忽接二語云:「回頭語小姑,莫嫁如兄夫」,輕薄無餘味矣,故君子立言有則。(卷四漢詩)

陶潛〈與殷晉安別〉:才華不隱世,何等周旋,所云故者,無失為故也,及此見古人忠厚。(卷八晉詩)

無名氏〈作蠶絲〉:纏綿溫厚,不同子夜讀曲等歌。(同上)

鮑照〈擬行路難〉:(四章)妙在不曾說破,讀之自然生愁。(卷十一宋詩)

謝朓〈同謝諮議詠銅雀臺〉:笑魏武也,而托之於樹,何等含蘊,可悟立言之妙。(卷十二齊詩)

謝朓〈金谷聚〉:別離情事,以澹澹語出之,其情自深。蘇李詩亦不作蹙蹵聲也。(同上)

任昉〈出郡傳舍哭范僕射〉:寗知安歌日一聯,令人幾不敢言歡娛,情詞極為深婉。(卷十三梁詩)

衛敬瑜妻王氏〈孤燕詩〉:貞潔詩出以和婉,愈能感人。(同上)

從上列沈氏之評語足見他十分看重詩中作者之真情、深情,如〈古詩十九首〉(孟冬寒氣至)的「用意措詞微而婉矣」,詩中以妻子的口吻,述說她與丈夫久別,戚然獨處,及對丈夫的思念和堅貞不變的感情,沒有絲毫怨言,而希望在遠方的丈夫能夠明瞭她的真情。又如班婕妤的〈怨歌行〉,借團扇以自比,用語隱微,怨怒幽深,所以沈氏說它「用意微婉,音韻和平」。詩人性情忠厚,作詩之意中正和平,在措辭上也會顯得深婉,即使是情感激越,也會欲言難言有所寄託,或援

此喻彼，或以澹語出之，詩歌之所以能感人，正是來自詩人的深情婉柔，而非叫號撞搪、徒辦浮華，即使有怨，也要因望深情切而怨，或使怨在言外。總之，即使言詞激烈，也要怨得其正，即要出於性情之正，才不失溫柔敦厚的詩人之旨。如：

> 鐃歌〈有所思〉：怨而怒矣，然怒之切，正望之深，末段餘情無盡。此亦人臣思君而託言者也。（卷三漢詩）

> 曹植〈聖皇篇〉：處猜嫌疑貳之際，以執法歸臣下，以恩賜歸君上，此立言最得體處，王摩詰詩「執政方持法，名君無此心」，深得斯旨。何以爲贈賜一段，極形君賜之勝，若誇耀不絕口者，然其情越悲。（卷五魏詩）

> 曹植〈吁嗟篇〉：遷轉之痛至，願歸糜滅，情事有不忍言者矣，此而不怨，是愈疏也，陳思之怨，唯獨得其正云。

> 曹植〈棄婦篇〉：怨而委之於命，可以怨矣，結希恩萬一，情越悲詞越苦。

> 謝朓〈同王主簿有所思〉：即景含情，怨在言外。（卷十二齊詩）

〈有所思〉以一愛情信物爲線索，透過「贈」、「毀」和「毀後」三個過程，來表現女子的愛與恨，斷絕愛戀與猶豫不忍的情感波折，在他聽說情人移情別戀時，悲痛的心中燃起強烈的忿怒，將當初凝聚熱戀的情物「拉、摧、燒、揚」以洩其恨，情感言辭不可謂不激烈也，沈氏在評詩時，不光在言詞上推敲，更進一步去探究詩人的本意，其何以出此絕決之語，正是因其愛之深、望之切，在激烈言詞的背後，更可看出女子當初對男子的相思愛戀有多深，從其愛之深而發出的怨憤之詞，是可以被理解的，也不失合於性情之正的表現方式了。而曹植這幾首詩大多是寫於晚期，由於他在文帝、明帝二朝備受猜忌與壓制，十一年間遷了三次都城，詩中表現大多爲其痛苦的政治生涯悲憤的寫照，或用轉蓬，或用棄婦，間接抒發他內心的沉痛與不平，鍾嶸說他的詩「情兼雅怨」，指的正是他承襲了小雅「怨誹而不亂」的風格，沈

氏評詩時即從這個角度來評價他的詩，認為他詩中所怨所憤皆是因有感同根而見滅，合於人情之常而得其正，亦不違背詩教之原則。謝朓則是寫一思婦夜織，期盼遠行的夫君早日歸來，夫君在約定的日期還未歸，令她輾轉不安，心情繚亂。謝朓不從正面寫主人公內心的紛亂，焦急、盼望、埋怨都隱含在她下了織布機，走出門外，一步一遙遠，直到月兒升起，路上行人漸稀之中。而在這詩句所烘托出的月下思婦沈吟圖裡，更讓人從夜色的空靈幽靜、思婦的踟躕徘徊中感受到一種哀怨的氣氛，從而進入到思婦的內心世界裡了，所以沈氏說「即景含情，怨在言外」。從上述的例子當中，我們可以看出沈氏評詩十分重視詩歌中溫柔敦厚的風雅傳統，這種傳統正是儒家詩教中重要的部分。

（三）詩歌創作的藝術手法

劉勰《文心雕龍・章句》：「夫人立言，因字而生句，積句而為章，積章而成篇」，詩歌語言亦是從字而句，由句成章的，所以在創作上有一定法則，用字有字法，句有句法，章有章法，此外還有用韻的問題，沈氏如何從創作技巧上去評價一首詩也是筆者所關注的，以下分別從用字、句法、章法和聲韻幾方面來看：

1. 用　字

詩歌的基本起點在文字之運用，尤其有些短小精緻的詩歌，對文字的使用更是特別嚴格、特別講究，雖然作詩不用拘於字句，但文字使用不當就會害其句、害其篇，所以工於文字看似枝微末節之事，卻關係重大。好詩須好句，好句須好字，鍊字得當，能使詩歌更加精采。沈氏在評詩時，也特別注重詩人對於文字的錘鍊，他說：

> 古人不廢鍊字法，然以意勝而不以字勝，故能平字見奇，常字見險，陳字見新，朴字見色。近人以鬥勝者，難字而已。〔註22〕

詩人在詩歌創作時，都希望將文字靈活運用，加以創新，沈氏強調，

〔註22〕《說詩晬語・卷下・三十三》，同第二章註2，頁242。

要使平常陳朴之文字能奇險新色，不是刻意用難字，而是要在詩意上去琢磨，所謂「鍊字前先鍊意，意勝則字勝」，「意」就是詩歌的內涵，詩人的情志，情深意遠則用字自然高妙。如陶潛〈時運四章〉首章：「有風自南，翼彼新苗」，沈氏評曰：「『翼』字寫出性情。」陶淵明用這個「翼」字，將禾苗被南風吹舞的姿態靈活的展現在我們眼前，同時也象徵著陶淵明內心世界的平和和歡欣，所以沈氏說這個「翼」字，寫出了陶淵明的性情。詩人用字之高妙，是沈氏在評詩時所注意的。

　　用字亦包括用語，如卷一古逸所選的〈答夫歌〉：「其雨淫淫，河大水深，日出當心。」沈氏評為：「語特奇創」，也顯示他在評詩時注重用字用語之奇特。除了奇特外，也要能新，前人用過的陳言舊語，要懂得翻新，不僅要新，更要俊。如沈氏比較郭璞和陸機在表達同一意念時，兩人用語之高下。他在卷八晉詩郭璞〈贈溫嶠〉下評：

　　「異苔同岑」句造語新俊，士衡〈贈馮維熊詩〉亦有此意，
　　而語特庸常。

郭璞和陸機他們同樣要表達自己和朋友處在同一個環境下，郭璞用「異苔同岑」，而陸機則用「拊義同枝條，翻飛各異尋」來表達，沈氏評郭璞能造新俊之詞，而陸機就顯得較平庸而無吸引人之處了。創作詩歌時要使文字能新能奇，要如何才能做到呢？沈氏認為一方面要多充實學識，另一方面則要活用所學。如他在評卷九晉詩之民歌〈休洗紅〉第二章「迴黃轉綠無定期」時說：「『回黃轉綠』字極生新，要知是善用經語。」能將前人之詩句或經典故實之語加以善用、活用即能創造出生新之語。

2. 造　句

　　詩句是構成詩篇的基本要素之一，同時也是表達思想感情、志向意趣的獨立單位，詩歌的神氣體勢，也可在句中表現出來。創作雖不可拘於句法，但對於文句的鍛鍊和修飾，於創作中亦十分重要。沈氏在《說詩晬語・卷下・五十三》中說：「詩不可不造句」意即在此。沈氏在評詩時，對於句法亦有其審美基準，如詩句之創新、造句之簡

遂精鍊、句法之渾然以及句意是否含蓄蘊藉。以下分別來看：

第一、由於詩歌語言較精鍊，在句中往往能表達出作者的思想情意，不管摹物寫情，句子要渾然成一整體，不可支離破碎不成句法。謝榛《四溟詩話》說：「凡鍊句妙在渾然。一字不工，乃造物不完。」沈氏評詩中對於渾然之詩語也特別加以標舉。如卷二漢詩蘇武〈詩四首〉（第一首）沈氏曰

> 盧子諒云：「恩由契闊伸，義隨周旋積」，奪胎於「恩情日以新」句，而此殊渾然。

這是一首寫兄弟骨肉離別之情的五言抒情詩，詩中說到兩人平日相處就彌覺珍貴，離別後將倍感痛苦，「恩情日以新」說出了痛苦的原因，也為下文臨別餞行，酌酒述情的描寫留下伏筆。晉代的盧子諒就從此處之意化出「恩由契闊伸，義隨周旋積」兩句，在沈氏看來，卻不如蘇武這句「恩情日以新」轉折高妙、渾然一體而不見針線痕跡，所以沈氏以「渾然」二字評此句。而句法如何才能達到渾然的境界呢？沈氏在評李陵〈與蘇武詩〉三首中說：

> 一片化機，不關人力。此五言詩之祖也。音極和，調極諧，字極穩，自是漢人古詩，後人模仿不得，所以為至。

又說：

> 唐人句云：「孤雲與飛鳥，相失片時間」推為名句，讀「奄忽互相踰」句，高下何止倍蓰也。

詩句之渾然，一方面要真情流露，另一方面來自音調和諧，字字平穩，李陵詩句中這種渾然而成的句法，是後人所難以摹擬的，亦非刻意雕琢而能得，所以沈氏備加推崇。

第二、詩句比其他文體在句法上更注重精簡有力，尤其從古人詩中化出之句，更要襲其意而不摹其句，如沈氏評陶潛〈九日閑居〉：

> 「世短意常多」即所云「生年不滿百，常懷千歲憂」也，鍊得更簡更道，後人得古人片言，便衍作數語。

陶潛將古詩中人生苦短，憂念常多之意，用精鍊簡潔的五個字加以概括，不僅在句意上十分完足，在音節上亦是和諧平穩，讀來餘味不盡，

故知好句當鍊得簡遒，不宜有過多的閑字冗言。

第三、詩歌要創新，不僅字新、詞新，在句意表達上更要加以創造。沈氏對於謝靈運能獨造新語，往往予以肯定，如他評謝靈運詩說「『異音同至聽』、『空翠難強名』皆謝公獨造語」，「異音同至聽」出於〈夜宿石門詩〉，指謝靈運夜宿山中所聽見大自然的聲響，引起他內心深處的感覺。「空翠難強名」則出於〈過白岸亭詩〉，謝靈運用「空翠」來描寫那半透明的青色山嵐，而「難強名」暗含《老子》二十五章：「吾不知其名，字之曰道，強為名之曰大」的意蘊，山中空靈之翠嵐，帶著清新的涼意浸潤著詩人的身心，予他一種難言述的感覺，所以說「難強名」。沈氏評曰：「凡物可以名，則淺矣。難強名，神於寫空翠者。」謝靈運之用詞造語，的確是匠心獨運，又能歸於自然，不露雕琢痕跡。然而，詩人在造語用語時，亦會發生不合句法的情況，沈氏在評詩時，也會特別提出，讓後學者注意。如潘岳的〈悼亡詩〉，沈氏說他詩中「周黃仲驚惕」五字，頗不成句法。沈氏認為潘、陸之詩刻意雕琢與排偶，使得他們所做的詩，像假花一樣，失去自然的美感與神韻，甚至也造出不合詩法之句，讓人讀之不免昏昏欲睡。所以沈氏強調在詩歌創作之造句上，所造之句一定要能出於自然，方是佳句。如他在卷十四北魏詩蕭愨的〈秋思〉中所評：「『芙蓉』一聯不雕琢而得，自是佳句」。能不雕琢而得，就是出於自然。又如卷三的雜曲歌辭〈傷歌行〉沈氏評：「不追琢，不屬對，和平中自有骨力」，亦是不刻意工於雕句對仗，自然在和平氣象中顯現風骨。

第四、句法要講求含蓄蘊藉。句法最忌諱直率，直率就顯得淺薄而缺深婉含蓄之美，沈氏在評詩時也特別注意含蓄蘊藉的表達方式，如他評謝朓：

> 玄暉靈心秀口，每誦名句，淵然泠然，覺筆墨之中，筆墨之外，別有一段深情妙理。

謝朓詩中多名句，鍾嶸《詩品》說他「一章之中，自有玉石，然奇章秀句，往往警遒」，鍾惺《古詩歸》卷十三也說：「謝朓往往以排語寫

出妙思」，王夫之在《古詩評選》卷五中亦說：「語有全不及情，而情自無限者。心目爲證，不恃外物故也。『天際識歸舟，雲中辨江樹』(〈之宣城郡出新林浦向板橋〉)隱然依含情凝眺之人，呼之欲出」，他們都說謝朓善於用排語麗句寫出令人激賞的句子，後人往往從他詩中摘取佳句並加以傳頌，王夫之更進一步指出，謝朓明秀之句中，隱然含情，所以能更加感人。所以沈氏說謝朓詩中自有一段深情妙理。試看沈氏評謝朓其他的詩，亦多重其情語之含蓄蘊藉，如評〈金谷聚〉：「別離情事以澹澹語出之，其情自深」，〈同王主簿有所思〉：「即景含情，怨在言外」，謝朓之情語，不是直出胸臆，潑灑而出，乃如細涓慢流，語淡而情深，其餘響自然無窮，能使人細細品味其言外之意。

綜上所述，句好來自意好，造句、造意二者必須相輔相成，造句對仗更須於工中求活，如陳隋間由於風氣使然，作詩者多琢於詩句，每每流於詞工意淺，而像詩人庾信就能活用句法，使其詩有清新之氣。沈氏還特別於詩評中摘錄其佳句：

> 陳隋間人，但欲得名句耳，子山於琢句中，復饒清氣，故能拔出於流俗中，所謂軒鶴立雞群者耶。(卷十四北周詩)

又說：

> 子山詩固是一時作手，以造句能新，使事無迹……。名句如〈步虛詞〉云：「漢帝看核桃，齊侯問棗花」、〈山池〉云：「荷風驚浴鳥，橋影聚行魚」、〈和宇文內史〉云：「樹宿含櫻鳥，花留釀蜜蜂」、〈軍行〉云：「塞迴翻榆葉，關寒落雁毛」、〈法筵〉云：「佛影胡人記，經文漢語翻」、〈訓薛文學〉云：「羊腸連九阪，熊耳對雙峰」、〈和人〉云：「早雷驚蟄戶，流雪長河源」、〈園庭〉云：「樵隱恆同路，人禽或對巢」、〈清晨臨汎〉云：「猿嘯風還急，雞鳴潮欲來」、〈冬狩〉云：「驚雉逐鷹飛，騰猿看箭轉」、〈和人〉云：「絡緯無機織，流螢帶火寒」、〈詠畫屏〉云：「石險松橫植，岩懸澗豎流。愛靜魚爭樂，依人鳥入懷。」〈夢入堂內〉云：「日光釵影動，窗影鏡花搖」，少陵所云清新者耶。(同上)

上文中，沈氏指出庾信之所以能於陳隋間詩人中脫穎而出，乃在於他擅於造句，而他不同於六朝詩家之處，乃在於「造句能新，使事無迹」，造句要能新，就要活用句法，不拘泥於字句之中，要由字句外求其意境，方見好句。而沈氏在評詩時，亦特別注重詩句中景、情、理之融合，就境界而言，有「境語」、「情語」和「理語」之分。沈氏在《說詩晬語》中說：

> 梁、陳、隋間，專尚琢句。庾肩吾：「雁與雲俱陣，沙將蓬共驚」、「殘紅收朽雨，缺岸上新流」、「水光懸蕩壁，山翠下添流」。陰鏗云：「鶯隨入戶樹，花逐下山風」。江總云：「路洗山扉月，雲開石路煙」。隋煬帝云：「鳥驚初移樹，魚寒欲隱苔」皆成名句。然比之小謝「天際識歸舟，雲中辨江樹」痕迹宛然矣。若淵明「採菊東籬下，悠然見南山」、「平疇交遠風，良苗亦懷新」中有元化自在流出，烏可以道里計。〔註23〕

沈氏比較陳、隋間詩人、小謝和陶淵明的寫景之句，可見其境界之不同。陳、隋間人雖有佳句，僅是描寫眼前之景；而小謝之景語中有情語，情自然流露於句中句外；陶淵明則在景語中，以超然物外，胸次曠達，宇宙人生之理已涵蓋其中。由此，沈氏提醒後學者，為詩造句，不可僅拘眼前景語，要因景生情，由情見理，才能使詩歌內涵和境界提升。〔註24〕

3. 章 法

詩歌亦要講究布局謀篇的藝術手法，好詩尤其要在布局處見本領，無論首尾開合，或剪裁照應，皆要各極其度。沈氏於《說詩晬語》

〔註23〕 《說詩晬語・卷上・六十九》，同第二章註2，頁204。
〔註24〕 《說詩晬語詮評》說，沈氏取陳隋佳句與小謝陶公景語比較，陶句為上，小謝次之，而庾、陰、隋煬為下。以上諸句所取皆眼前景，陳、隋諸作雖工但無情意也；而小謝句則隱然可見思歸之情；陶工具則胸次曠懷，生機勃發，藹然與通地同流之理。學者於此悟入之。詩中秀句不徒以寫景為工，大抵即景生情，因情見理，斯為上乘。同第二章註2，頁173。

中，對於篇法亦有所說明：

> 一首有一首章法；一題數首，又合數首為章法。有起、有
> 結、有倫序、有照應；若闕一不得，增一不得，乃見體裁。
> 〔註25〕

不管是一題一首，或一題數首，其基本之章法要領都是要有起承轉合，有次序，有照應，增多或闕少都不成章法，沈氏亦說：「雜亂無章，非詩也」，可見詩歌對於如何謀篇佈局有一定之成法在，不可不加以經營。以下分別從他的詩評中見其評論之取向。

先從他對於一首之章法的評論談起。在各卷詩評中，筆者將它整理歸納分成起、承、轉、合及變化來看，繼而討論五言古詩長短之篇法，接著再論一題數章。有關詩歌起手者有：

> 雜曲歌辭〈悲歌〉：起最矯健，太白時或有之。（卷三漢詩）
>
> 曹植〈雜詩〉（第二首）：陳思最工起調，如「高臺多悲風」、「轉蓬離根本」之類是也。（卷五魏詩）
>
> 陸機〈猛虎行〉：起用六字句最見奇峭。（卷七晉詩）
>
> 王讚〈雜詩〉：起得雄傑，隱侯謂：「正長朔風之句」指此。（同上）
>
> 鮑照〈擬行路難〉（第四章）：起手無端而下，如黃河落天走東海也，若移在中間猶是恆調。（卷十一宋詩）
>
> 鮑照〈登黃鶴磯〉：出語蒼堅，發端有力。（同上）
>
> 湯惠休〈怨詩行〉：只一起便是絕倡，文通「碧雲」之句庶相擬。（同上）
>
> 謝朓〈暫使下都夜發新林至京邑贈西府同僚〉：一起滔滔莽莽，其來無端。（卷十二齊詩）
>
> 吳均〈春詠〉：一起飄逸。（卷十三梁詩）
>
> 王褒〈渡河北〉：起調甚高。（卷十四北周詩）

沈氏認為詩歌發端貴「矯健」、「雄傑」、「無端而下」、「奇峭」、「飄逸」，

他在《說詩晬語》中也說過，歌行起步宜「高唱而入」，而前人詩論
中亦多有論述，如謝榛《四溟詩話》曾說「起句要像爆竹，驟響易徹」，
所以沈氏在選評之中，不忘特別標舉出詩歌中工於起調的詩作，以作
爲後學者入門之途。其次，是有關承接者：

> 蔡邕〈飲馬長城窟行〉：前面一路換韻，聯折而下，節拍甚
> 急，「枯桑」二句忽用排偶承接，急者緩之，最是古人神妙
> 處（卷三漢詩）

> 顏延之〈秋胡詩九首〉（第八首）：前章說相持矣，以常情
> 言，宜即出憤語，此卻申言離居之苦，急處用緩承，正是
> 節奏之妙。無古樂府之警健，然章法綿密，布置穩順，在
> 延之爲上乘矣（卷十宋詩）

詩歌敘述言情，至情感激越處，或節拍甚急處，若一路鋪陳而下，則
毫無韻味，詩家要能於急處緩承，使詩歌氣勢有跌宕起伏的變化，就
要於承接處用心經營，細心彌縫，佈局穩當，方是章法運用的神妙之
處。有關轉折者：

> 古詩三首：「遙望」二句乃鄉人答詞，下從征者入關之詞，
> 古人詩每減去針線痕跡。（卷四漢詩）

> 何遜〈送韋司馬別〉：每於頓挫處，蟬聯而下，一往情深。
> （卷十三梁詩）

古詩或樂府民歌中往往有一問一答的形式，詩歌不似散文，可在敘述
中分列問答者，詩歌必須在精鍊的語言中，轉換說者與答者，所以問
答者轉折處之不露痕跡，更可見詩家運用章法之妙；而一提頓一低
挫，語言氣勢如何轉換，更是入門者不可不習者，沈氏評詩時於其中
見古人妙處，往往加以讚賞。有關結語者：

> 〈忼慷歌〉：將廉吏不可爲說透，而主意於末一語綴出，情
> 深語竭，楚王聽之不覺自入。（卷一古逸）

> 甄后〈塘上行〉：末路反用說開，漢人樂府往往有之。（卷五
> 魏詩）

> 曹植〈朔風詩〉：言君雖不垂眷，而己豈得不言其誠乎？故

下接秋蘭云云，結意和平夷愉，詩中正則。(同上)

曹植〈怨歌行〉：末四句竟用成語，古人不忌。(同上)

陶潛〈和郭主簿二首〉：要言一結，悠然不盡。(卷八晉詩)

陶潛〈乞食〉：結言厚道，少陵「受人一飯終身不忘」俱古
人不可及處。(同上)

〈隴上歌〉：中極狀其勇，一結悠然，餘哀不盡。(卷九晉詩)

〈對酒歌〉：起結致佳。作意歎奇，終歸平順，風氣使然。
(同上)

雖然古詩之章法不像律詩那樣嚴謹，然而在漢魏六朝詩歌中，詩歌創
作技巧往往為後人取法，尤其是漢魏古詩渾然一體的氣象，在沈氏評
詩時，可看出他以曹植用和平柔順的結尾作為準則；其次是悠然不盡
的結語，即姜白石所謂「辭盡意不盡」之說；〔註26〕再者是用說開作
結，依詩歌風格不同，結語收束之法各不相同，但皆是詩歌格律神韻
重要的部份，沈氏評論時亦要後學者多加以揣摩體會。以下是關於章
法變化者：

何遜〈與蘇九德別〉：末四句分頂秋月春草，隨手成法，無
所不可。(卷十三梁詩)

〈琅琊王歌詞〉：正意在前，喻意在後，古人往往有之。(卷
十三梁詩)

謝靈運〈游南亭〉：起先用寫景，第六句點出眺郊岐，此倒
插法也，少陵往往用之。(卷十宋詩)

何遜所用的正是錯綜法；〈琅琊王歌詞〉用的是譬喻法，而將主旨安
置於前；謝靈運用的是倒插法，所謂倒插法，是不同於一般敘述方式，
將要敘述的人、事、物，不直接先點出，而在一番描寫之後，再倒補
出描寫的對象，叫倒插法。沈氏在評杜甫詩時，對他使用的倒插法評

〔註26〕沈氏於《說詩晬語‧卷下‧七十六》中說：「姜白石說謂一篇之妙，
全在結局。如截奔馬，辭意俱盡。如臨水送將歸，辭盡意不盡。又
有意進辭不盡，剡溪歸櫂是也。辭意俱不盡，溫柏雪子是也。微言
妙語，諸家未到。」同第二章註2，頁254。

價甚高，《唐詩別裁集》沈氏評杜甫〈麗人行〉：「『態濃意遠下』倒插『秦虢』，『當軒下馬』下倒插『丞相』，他人無此筆法」，沈氏評唐詩在先，選古詩在後，此倒插法在杜甫之前，謝靈運早已用之。以下是就五言古詩長短篇之章法而論者：

> 〈古詩爲焦仲卿妻作〉：共一千七百八十五字，古今第一首長詩也。淋淋漓漓、反反覆覆，雜述十數人口中語，而各肖其聲音面目，豈非化工之筆。（卷四漢詩）

> 〈古詩爲焦仲卿妻作〉：長篇詩若平平敘去，恐無色澤，中間須點染華縟、五色陸離，使讀者心目俱炫，如篇中「新婦出門時，妾有繡羅襦」一段，「太守擇日後，青雀白鵠舫」一段是也。（同上）

> 〈古詩爲焦仲卿妻作〉：作詩貴剪裁，入手若敘兩家家世，末段若敘兩家如何悲慟，豈不冗漫拖沓，故竟以一二語了之，極長詩中具有剪裁也。（同上）

> 郭璞〈游仙詩〉（雜縣寓魯門）：超然而來，截然而止，須玩章法。（卷八晉詩）

〈古詩爲焦仲卿妻作〉沈氏根據《玉臺新詠》之題而來，[註27] 是詩歌史上第一首長篇敘事詩，不僅角色眾多，人物對話也有多樣形貌，沈氏之評，在章法上有三個要點：一是長篇詩在鋪敘中要點染設色，要有峰巒起伏；其次，敘事詩人物眾多，情節亦錯綜複雜，若交代太多細節，便會散漫無所歸統，此時必須用剪裁之工，使文勢緊峭而無閑語，沈氏認爲本詩作者善於剪裁，尤其於篇首與篇末，以精要之語略敘，而將重心置於篇中主要人物與情意，使其更加突顯；三是用照應法，在篇中蘭芝被迫離開夫家時以蒲葦盤石喻兩人堅貞之情，而篇末當焦仲卿得知蘭芝將改嫁時，反以蒲葦盤石之語責之，可謂前後照應，用之渾然，而不露痕跡，可以說神於法度。郭璞這首詩以海上將

〔註27〕這首詩最早見於《玉臺新詠・卷一》，作者爲無名氏，題爲「古詩爲焦仲卿妻作」，郭茂倩《樂府詩集・七十三》采入雜曲歌詞十三。

起大風開頭，起調甚高，而舉燕昭王、漢武帝為例，感嘆世上學仙者皆不得要領而無所成作結，可說是擅於運用五古短篇章法。五言古詩長短篇之章法，沈氏在《說詩晬語》中所論，正是他評論五言古詩長短章法之基準。〔註28〕

接下來是一題數章者：

> 曹植〈贈白馬王彪〉（太息將何為一章）：此章乃一篇正意，置在孤獸索群下，章法絕佳。（卷五魏詩）

> 楊素〈贈薛播州〉：（總）從天下之亂說到定鼎，次說求材，次說立朝，次說薛之出守，誦其政成，次說己之歸閒，末致相思之意，一題幾章須具此章法。（卷十四隋詩）

曹植這篇〈贈白馬王彪〉由七章組成，除了首章末句與次章起句不相承接外，其餘各章皆用《詩經‧大雅‧文王》篇之章法，〔註29〕嚴羽《滄浪詩話‧詩體》亦說：「有後章字接前章者，曹子建〈贈白馬王彪〉之詩是也。」，也就是在章與章之間用頂針方式加以承接，形成一種層次分明又蟬聯一體的畫卷式結構。楊素〈贈薛播州〉是連章體的組詩，從開天闢地寫起，至隋文帝一統天下，求才天下，後寫自己與薛道衡之相知情誼，薛在政治鬥爭下被外放襄州，對他的思念及自己的進退兩難之處境。十四章章法整齊，各章字數一樣，句子對仗工整，各章獨立又運用頂針方式意脈貫穿，沈氏說一題幾章須有此種章法。這兩首一題數章之詩，皆是有起有結，有倫序照應，可說是一題數章章法之準則。

總之，創作技巧之運用，雖在字、句、章法上，有其基本準則，

〔註28〕《說詩晬語‧卷上‧四十九》：「五言古，長篇難於鋪敘，鋪敘中有峰巒起伏，則長而不漫；短篇難於收斂，收斂中能涵蘊無窮，則短而不促。又長篇必倫次整齊，起結完備，方為合格；短篇超然而起，悠然而止，不必另綴起結。苟反其位，兩者俱僨。」，同第二章註2，頁116。

〔註29〕《說詩晬語‧卷上‧三十二》：「文王七章，語意相承而下，陳思〈贈白馬王詩〉，顏延之〈秋胡行〉，祖其遺法。」同第二章註2，頁74。

但應就詩歌整體風格氣勢來加以變化，不應死法成法。漢魏古詩有渾然一體的氣象，無論內容或形式上，都能形成一種神化之境；晉以下，多重字句雕琢，因此在整體格局氣勢上，就不如漢魏古詩之渾然，而多佳句麗語可尋，此乃是詩歌發展之變化。〔註30〕沈氏評詩時，雖在局部之創作技巧上有其評判之基準，但他仍然看重前代作家在詩歌技巧的活用與變化，就是前面談到如「鍊字前先鍊意」等，或是對於他推崇陶淵明、謝靈運等人造語寫意高超的境界，都可以看出他強調創作技巧的靈活運用，即《說詩晬語》中所說的「神明於變化之中」。〔註31〕

4. 聲 韻

雖然古詩在用韻方面並不像近體詩般嚴謹規律，但在古詩的創作技巧中，詩歌韻律的優美和諧也是詩學批評重要的一環，因為詩歌是起源於人類表達內心思想感情，〈詩大序〉就說：「詩者，志之所之也。在心為志，發言為詩。其動於中而形於言，言之不足，故嗟嘆之，嗟嘆之不足，故咏歌之，咏歌之不足，不知手之舞之，足之蹈之也。」嗟嘆歌咏、手舞足蹈都表示詩歌具有音樂性，具備有和諧的音樂性就有所謂的聲律之美。徐禎卿《談藝錄》也說：「蓋因情以發氣，因氣以成聲，因聲而定詞，因詞而定韻，此詩之源也。」〔註32〕也就是說詩歌發源於人類要表達內心的思想感情，從胸中之氣吐出而發出聲音，從聲音中形成語言和文字，再從文字中講求一種和諧的韻律感，就是詩歌的起源。沈氏在《古詩源・例言》中也說：

〔註30〕 《說詩晬語・卷上・五十九》：「漢魏只是一時氣旋，晉以下始有佳句可摘。此詩運升降之別。」同第二章註2，頁138。

〔註31〕 《說詩晬語・卷上・八》：「詩貴性情，亦須論法。雜亂無章，非詩也。然所謂法者，行於所不得不行，止所不得不止，而起伏照應，承接轉換，自神明變化於其中；若泥定此處應如何，彼處應如何，如磧沙僧解三體唐詩之類。不以意運法，轉以意從法，則死法矣，試看天地間水流雲在，月到風來，何處著得死法。」同第二章註2，頁188。

〔註32〕 參見《詩話叢刊》，台北市：弘道出版社，民國60年3月初版，頁1416。

康衢擊壤，肇開聲詩。上自陶唐，下暨秦代，凡經史諸子
中有韻可采者，當歌詠之，以探其原。

沈氏探古詩之源，從上古人們為了表達思想感情用和諧的、有韻律的
語言文字，他認為只要是和諧有韻律者，都當歌詠諷誦，才能溯古詩
之源。而詩歌也應在吟詠諷誦中去體會涵濡，沈氏說詩歌的微妙就在
詩歌文字的抑揚抗墜之間，讀詩時也應該要去體會詩歌聲響的奧妙，
才能體會讀詩的趣味。〔註33〕再者，古代用韻的方式往往也為後代所
取法，如：

〈矛銘〉：末二句忽轉一韻，疊用兩句韻作結，唐人古體每
每用之，其源蓋出於此。〈葛覃〉第三章，〈飯牛歌〉二章
亦同。（卷一古逸）

《詩經‧葛覃》：第三章：「言告師氏，言告言歸，薄汙我私，薄澣我
衣，害澣害否，歸寧父母。」末二句亦是忽轉一韻，並且疊用兩句韻
作結；《淮南子》中甯戚欲干政於齊桓公，於城門外飯牛車下，敲擊
著牛角所唱的歌叫〈飯牛歌〉，歌有三章，第二章末二句「黃犢上坂
且休息，吾將捨汝相齊國」，亦是轉韻後疊用二韻作結，和〈矛銘〉
在用韻技巧上相同。這種創作技巧也被唐人加以使用，如唐朝李頎的
七言古詩就多用此種方式作結，他的〈送陳章甫〉、〈琴歌〉、〈聽董大
彈胡笳聲兼寄語弄房給事〉等作品都是在結尾兩句換韻作結，所以沈
氏說唐人古體每每用之，其意在此。沈氏於本選集其他有關聲韻方面
的評論如：

唐山夫人〈安室房中歌〉（七始華始）：「粥粥二」語寫樂音
深靜，可補樂記所缺。

唐山夫人〈安室房中歌〉（大海蕩蕩水所歸）：以下忽焉變
調，或急或繁，各極音節之妙。（卷二漢詩）

〔註33〕《說詩晬語‧卷上‧四》：「詩以聲為用者也，其微妙在抑揚抗墜之
間。讀者靜氣按節，密詠恬吟，覺前人聲中難寫，響外別傳之妙，
一齊俱出。朱子云：「諷咏以昌之，涵濡以體之」真得讀詩趣味。」
同第二章註2，頁187。

〈樂府〉：首二句指入貢之人言，本用陽韻，而第二句以來
字間之，首句用韻，次句不用韻也。(卷三漢詩)

〈古詩三首〉(十五從軍征)：通章用支微韻，而「烹穀持
作飯，採薇持作羹」二句不入韻中，最是搖曳之至，非古
人不能用韻也。(卷四漢詩)

文帝〈燕歌行〉：和柔巽順之意，讀之油然相感，節奏之妙，
不可思議。句句用韻，掩抑徘徊，短歌微吟不能長，恰似
自言其詩。(卷五魏詩)

謬襲〈克官渡〉：音節自佳。(卷六魏詩)

鮑照〈梅花落〉：以「花」自聯上嗟字成韻，以「實」字聯
下「日」字成韻，格法甚奇。(卷十一宋詩)

鮑照〈紹古辭〉(二章)：易旌爲旗，古人有此種強押。(同
上)

江總〈閨怨篇〉：竟似唐律，稍降則爲填詞矣，學者當防其
漸。(卷十四陳詩)

蕭愨〈上之回〉：聲律俱諧，唐音中之佳者。(卷十四北魏詩)

大體而言，沈氏強調用韻聲律的同時，也注重其與詩歌整體氣勢、情
感的配合，即使不入韻之處仍有其特色，尤其樂府詩在轉韻、換韻處
也往往是詩意迴環轉折處，〔註34〕而魏文帝的〈燕歌行〉雖句句用韻，
看似單調，但配合詩意、詩境、詩情，正是描寫思婦悲涼情緒的節奏，
清商琴調的短促纖微，不僅盡其孤寂之感，更烘托出一種和柔敦厚的
情思。另外，在沈約提出聲律論之後，使得陳隋間的作品漸趨於律，
沈氏也提醒讀者注意詩歌韻律的演變之候，以及這些聲律和諧的詩歌
對唐代詩歌的影響。總之，沈氏在聲律上批評的基準仍是以意境與聲
律相稱者爲佳。

〔註34〕《說詩晬語・卷上・四十五》：「樂府之妙，全在繁音促節，其來于
于，其去徐徐，往往於迴翔曲折處感人，是即依永和聲之遺意也。
齊梁以來，多以對偶行之，而又限以八句，豈復有詠歌嗟嘆之意耶？」
同第二章註2，頁102。

四、詩歌背景

　　沈氏在編選詩集時，都會在詩人、詩作之前對於詩人生平或詩作的背景加以介紹，這樣的介紹一方面突顯出編者對於詩家及詩作的觀感，另一方面也有利於讀者在讀詩之前先對詩歌背景有所了解，不至於斷章取義。沈氏在編選《古詩源》時，對於詩人詩作篩選的標準，就是詩歌作品是否符合教化的功能，要符合教化的功能，要先從作品的內涵上去探求，而作品的內涵與作家個人的生平、經歷、處世原則又有很大的關係。沈氏在《古詩源》序中就說：「既以編詩，亦以論世」，而論世不能不知人，因此對於詩家或詩作背景的介紹，也是編詩者不可忽略的部分。在沈氏的介紹中，是否呈現出他對詩人人格與作品風格有直接關聯的看法？也就是說人格的優劣是否代表著作品的優劣？還有，他在介紹詩人生平及詩作背景時有哪些特色？這些部分可從三方面來看：第一是詩人風格的介紹；第二是詩歌背景的介紹；三是對作品的考據，詳述如下：

（一）詩人風格的介紹

　　詩人生平和經歷往往直接或間接影響其創作成就，沈氏在介紹詩人生平時，往往就其遭遇、處境對其詩風的影響加以說明，而且對前代詩評家的評論也有所駁辯。首先，沈氏在介紹詩家個人風格時，其特色是除了綜述前人所論之外，他更用高度「概括性」的評語加以評論，如說明曹氏父子三人的風格：

> 武帝：孟德詩猶是漢音，子桓以下，純乎魏響。沈雄俊爽，時露霸氣。（卷五魏詩）
>
> 文帝：子桓詩有文士氣，一變乃父悲壯之習矣，要其便娟婉約，能移人情。（同上）
>
> 曹植：子建詩五色相宣，八音朗暢，使才而不矜才，用博而不逞博，蘇李以下故推大家，仲宣、公幹烏可執金鼓而抗顏行也。（同上）

歷代評曹操詩者有鍾嶸《詩品》：「曹公古直，甚有悲涼之句」，楊慎《升

庵詩話》卷八引孫器之曰：「魏武如幽燕老將，氣韻沉雄」，但都未如沈氏用「沈雄俊爽，時露霸氣」來得妥切；而沈氏接著以「子桓詩有文士氣，一變乃父悲壯之習矣。要其便娟婉約，能移人情」來概括曹丕，可說是綜述前人之論，如劉勰的《文心雕龍・才略》篇說曹丕的文才「洋洋清綺」，像流動澄清的水波，讀者須細細體會才能感受他內在的蘊意；又如王夫之說曹丕的詩「微風遠韻」，就是說他的詩有一種能感動人心的力量，和能使人尋思回味的一種情韻；陸時雍則說曹丕的詩「優柔和美，讀之齒有餘芳」等等。總之，即沈氏說一種婉約柔順的韻味，能漸漸的使人感發，是不同於曹植的澎湃洶湧，聲色俱全的。沈氏評曹植則用「五色相宣，八音朗暢」來概括，是就其詩的文采和聲情而言，曹植為文采的鋪陳，沈氏在他的〈名都篇〉、〈白馬篇〉評為「敷陳藻采，所謂修詞之章也」，前人如鍾嶸《詩品》也稱子建「詞采華茂，情兼雅怨」，也是就他的文采而言；在聲情方面，《文心雕龍・聲律》說：「陳思潘岳，吹籥之調也」，指的是他聲調方面能自然合節，所以沈氏稱他「八音朗暢」。而子建才華之高更是歷代所稱誦，如劉勰《文心雕龍・才略》說：「子建思捷而才俊，詩麗而表逸」，謝靈運以「才高八斗」許之，胡應麟《詩藪・內篇》卷二說：「陳王才藻宏富，骨氣雄高，八斗之稱，良非溢美。」等皆以「才高」美之，沈氏說曹植「使才而不矜才」是指他才思敏捷，「用博而不逞博」則是就他創作題材的豐富而言，對於曹植的詩風呈現出具體而鮮明的樣貌。

又如沈氏於卷六阮籍〈詠懷〉下評曰：

> 阮公詠懷，反覆陵亂，興寄無端，和愉哀怨，雜集於中，令讀者莫求歸趣，此其為阮公之詩也。必求時事以實之，則鑿矣。（卷六魏詩）

於詩後又說：

> 顏延年曰：「說者謂阮籍在晉文代，常慮禍患，故發此詠，看來諸詠非一時所作，因情觸景，隨興寓言，有說破者，有不說破者，忽哀忽樂，俶詭不羈。」

又說：

> 〈十九首〉後有此種筆墨，文章一轉關也。〈詠懷詩〉當領
> 其大意，不必逐章分解。

阮籍〈詠懷〉五言共有八十二首，四言有十三首，沈氏在《古詩源》
中，主要選取五言二十首為代表，但〈詠懷〉可以說是阮籍一生詩歌
創作的總匯。〔註35〕《文心雕龍・明詩》說：「阮旨遙深」，鍾嶸《詩
品》說阮籍的〈詠懷〉：「言在耳目之內，情寄八荒之表，……頗多感
慨之詞，厥旨淵放，歸趣難求。」，李善在《文選注》卷二十三中說：
「文多隱蔽，百代之下難以情測」，都是說阮籍詩的隱晦難解，沈氏引
顏延年說亦如同此意，而沈氏認為主要還是和阮籍所處的時代中險惡
的政治環境以及阮籍本身獨特的遭遇有關，而使得阮籍在詩中多用比
興手法，和承襲了《離騷》用美人香草為喻託的傳統，因此讀阮籍之
詩先要了解其所處的環境，而後就整體的基調上去理解詩人的情懷。

其他像評傅玄時說：「休奕詩聰穎處時帶累句，大約長於樂府短
於古詩」，是針對傅玄的樂府詩而論；評鮑照的樂府引用明代陸時雍
《詩鏡總論》之評：「如五丁鑿山，開人世所未有」和「抗音吐懷，
每成亮節」；談劉琨身世則說：「越石英雄失路，萬緒悲涼」，因此他
的詩有「隨筆傾吐，哀音無次」的現象，所以他提醒讀者要了解其身
世背景，不能僅在字句間尋求詩旨。整體而言，沈氏在介紹詩家風格
或特色時，沿用前人說法的部分較多，再加以高度概括，以突顯詩人
個別詩風。然而沈氏對於前人的評論也未必完全認同，尤其是鍾嶸《詩
品》對某些詩家的評語或源出於某某之說，在沈氏看來未必妥切，因
此他也在詩人或詩作之下加以駁辯。

如《古詩源》例言中說：

> 太冲拔出於眾流之中，半骨峻上，盡掩諸家。鍾記室季孟
> 於潘陸之間，非篤論也。

於卷七晉詩評左思曰：

〔註35〕吳汝綸《古詩鈔》卷二：「總集平生所為詩，題為詠懷」。

　　　　鍾嶸評左詩謂「野於陸機，而深於潘岳」，此不知太冲者也。
　　　　太冲胸次高曠，而筆力又復雄邁，陶冶漢魏，自製偉詞，
　　　　故是一代作手，豈潘陸輩所能比坪。

鍾嶸說「左思野於陸機」，「野」有質樸不雕琢的意思，沈氏認為鍾嶸
此說，是不了解左太冲的說法。《文心雕龍·明詩》說：「晉世群才，
稍入輕綺。張、潘、左、陸，並肩於詩衢，綵縟於正始，力柔於建安。」
太康時期的名家，三張、二陸、兩潘、一左，後人常將他們相提並論
並加以比較，有時甚至不論太冲，如沈約在《宋書·謝靈運傳》中就
以陸機為太康之英，安陽、景仁為輔，而遺漏了左思。後來到了嚴羽
《滄浪詩話》說：「晉人舍陶淵明、阮嗣宗外，惟太冲高出一時。士
衡獨在諸公之下」，才將左思的地位加以提升。之前由於太康時期詩
文風氣偏重於綺縟雕飾，因此左思相對於其他各家，在文辭上就顯得
較質樸，但鍾嶸用「野於陸機」的說法，後代詩評家並不認同，除了
沈氏之外，像陳祚明《采菽堂古詩選》卷十一中說：「太冲一代偉人，
其雄在才，其高在志，……鍾嶸以左思為野於陸機，悲哉！彼安知太
冲之陶乎漢魏，化乎矩度哉！」，劉熙載《藝概·詩概》中也說：「野
者，詩之美也，故表聖《詩品》中有「疏野」一品。若鍾仲偉謂左太
冲野於陸機，野乃不美之詞。然太冲是豪放，非野也。觀〈詠史〉自
見」，劉熙載認為左思是豪放而不是鍾嶸所說的野，又如黃子雲《野
鴻詩的》說：「太冲祖述漢魏，而修詞造句，全不沿襲一字，落落寫
來，自成大家，視潘、陸諸人何足數哉！」、「祖述漢魏，而修詞造句，
全不沿襲一字」就是沈氏所說的「陶冶漢魏，自製偉詞」，沈氏認為
太冲處於詩歌雕飾繁縟的時代，仍能保存漢魏的風標氣骨，沒有被雕
飾排偶的風氣所染，以胸襟、筆力、題材和風骨而言，都可以說是當
代傑出的作家，遠超出三張、二陸、兩潘之上，所以他認為鍾嶸對於
左思的評論是不客觀的，因此提出不同的看法。

　　此外，沈氏另有兩處駁鍾嶸之說，就未必穩當了。一是駁鍾嶸對
郭璞〈遊仙詩〉的評論；另一則是對陶淵明源出於應璩之說。我們先

看沈氏駁鍾嶸評郭璞之〈遊仙詩〉：

> 〈遊仙詩〉本有託而言，坎壈詠懷，其本旨也，鍾嶸貶其
> 少列仙之趣，謬矣。（卷八晉詩郭璞〈遊仙詩〉）

《詩品》卷中晉宏農太守郭璞詩：「憲章潘岳。文體相繼，彪炳可玩。
始變永嘉平淡之體，故稱中興第一。翰林以爲詩首。但〈游仙〉作，
詞多慷慨，乖遠玄宗。其云：『奈何虎豹姿』又云：『戢翼栖榛梗』，
乃是坎壈詠懷，非列仙之趣也。」《晉書》說郭璞博學有高才，詞賦
爲中興之冠，《文心雕龍‧明詩篇》：「江左篇製，溺乎玄風。袁孫以
下，雖各有彫采，然辭趣一揆，莫與爭雄。所以景純仙篇，挺拔而爲
俊矣。」又〈才略篇〉云：「景純豔逸，足冠中興」。〔註36〕

郭璞的十四首〈遊仙詩〉，在當時玄言詩興盛的時候，他既有表述
老莊旨趣的玄言成分，卻又慷慨多氣而文采華茂，而沈氏對於鍾嶸品
評郭璞「少列仙之趣」，深表不滿，認爲郭璞〈遊仙詩〉本來就是在抒
發自己內心的感受及懷抱，而托言求仙，主要並不是在描寫追求仙道
生活的旨趣，因此沈氏認爲鍾嶸評郭璞〈遊仙詩〉「少列仙之趣」的說
法，實在是荒謬。方東樹《昭昧詹言》：「景純此詩，正道其本事，鍾
記室乃譏之，誤也。」方東樹和沈氏都認爲鍾嶸批評郭璞〈遊仙詩〉
表面寫仙境、遁隱，實際上卻沒有求仙的旨趣。另外，陳沆的《詩比
興箋》也反駁鍾嶸的說法，他說：「景純勸處仲以勿反，知壽命之不長，
〈遊仙〉之作，殆是時乎？青谿之地，正在荊州，斯明證也。何焯謂
景純〈遊仙〉之什，及屈子〈遠遊〉之思。殆知言乎！」〔註37〕這裡
陳沆用時間和地點來反駁鍾嶸，認爲郭璞託仙有其時代和當時處境的
背景；在地理上，青谿位在臨沮縣（今湖北省當陽縣），郭璞曾任臨沮
縣令事，約在王敦起爲記室參軍之時，並且引用何焯《義門讀書記》
的說法：「景純〈遊仙〉，當與屈子〈遠遊〉同旨，蓋自傷坎壈，不成

〔註36〕周振甫《文心雕龍注釋》，台北：里仁書局，民國73年，〈明詩篇〉
　　　　頁84，〈才略篇〉頁864。
〔註37〕陳沆《詩比興箋》，台北：廣文書局，民國59年10月初版，頁151。

匡濟，寓旨懷生，用以寫鬱」，說〈遊仙〉和屈原〈遠遊〉意旨相同。
所以陳沆也認爲郭璞〈遊仙〉乃是有所寄託。陳祚明《采菽堂古詩選》
則說：「景淳本以仙姿遊於方內，其超越恆情，乃在造語奇傑，非關命
意。遊仙之作，明屬寄託之詞，如以列仙之趣求之，非其本旨。」劉
熙載《藝概‧詩概》也說：「……景純皆亮節之士……，〈遊仙詩〉假
棲遯之言，而激烈悲憤，自在言外」。〔註38〕基本上，他們都認爲郭璞
的〈遊仙詩〉本來就是有所寄託，歷代詩評家對這一點是有共識的，
也都是認爲郭景純的〈遊仙詩〉是寄託身世感懷，但沈氏、方東樹和
陳沆對鍾嶸「非列仙之趣」這句話的解讀，就有些問題存在。他們將
「非列仙之趣」解讀爲「少列仙之趣」或「無列仙之趣」，而認爲鍾嶸
的評論不當，這樣的解讀方式就有待討論了。古直在《鍾記室詩品箋》
〔註39〕中指出了沈氏、陳沆《詩比興箋》對此說之誤，他說：

> 乖遠玄宗，非列仙之趣。言其名雖遊仙實則詠懷，非貶詞
> 也。乃李善不窹，而有見非前識之言。沈歸愚、陳沆亦遂
> 集矢仲偉，以爲謬妄。然沈氏曰：「坎壈詠懷，其本旨也。」
> 陳氏曰：「『六龍安可頓』一首，直舉胸臆，慷慨如斯。」
> 其說皆本之仲偉，而反操矛入室，何哉！

古直說，鍾嶸原本的意思就是在說明郭璞的〈遊仙詩〉是寄託了自己
困頓不得志的懷抱，那些求仙隱遁的言詞，不是旨趣所在，而沈氏和
陳沆是以此說爲本，因解讀錯誤反而拿這些論說攻擊鍾嶸，令人不
解。尤其沈氏將鍾嶸「非列仙之趣」的否定詞「非」，變成「少列仙
之趣」的「少」，有缺乏、缺少的意思，來說鍾嶸以列仙之趣來求郭
璞〈遊仙〉詩旨是荒謬的，這實在是沈氏之誤也。

　　另外，卷八陶潛下沈氏評曰：

> 淵明以名臣之後，際易代之時，欲言難言，時時寄託，不
> 獨〈詠荊軻〉一章也，六朝第一流人物，其詩有不獨步千
> 古者耶？鍾嶸謂其原出於應璩，成何議論！

〔註38〕劉熙載《藝概》，台北：華正書局，民國 77 年 9 月版，頁 54。
〔註39〕古直《鍾記室詩品箋》台北：廣文書局，民國 57 年。

《說詩晬語》亦有同樣的說法：

> 陶公以名臣之後，際易代之時，欲言難言，時時寄託，不
> 獨〈詠荊軻〉一章也，六朝第一流人物，其詩自能曠世獨
> 立。鍾記室謂其源出於應璩，目為中品。一言不智，難辭
> 其咎。〔註40〕

《宋書》卷九十三中說陶淵明以祖父陶侃曾任晉朝的大司馬，他恥屈
身後代，所以不願在劉宋之時出仕。沈氏在《歸愚文鈔》卷八〈顧忠
孚律陶序〉中說：「予惟陶公為晉世遺老，湛隱於酒，深自悔匿。而欲
言難言之隱，于夷叔首陽，田疇無終，常致意焉，其遭遇然也。」這
裡說明了陶淵明詩中常有欲言難言的原因，是他處在當時的環境，所
以詩中常有寄託。像〈詠荊軻〉、〈詠二疏〉、〈詠三良〉之作，大抵都
是託古諷今的作品。其他像〈飲酒〉二十首、〈擬古〉九首、〈雜詩〉
十二首、〈讀山海經〉十三首等連章詩，也都是寄託深刻的作品，所以
沈氏說他「時時寄託，不獨〈詠荊軻〉一章也」，至於鍾嶸以陶淵明詩
出於應璩之說，沈氏並不認同，在沈氏之前，如宋代的葉夢得《石林
詩話》卷下：

> 鍾嶸論陶淵明，乃以為出於應璩，此語不知其所據？應璩
> 詩不多見，為《文選》載其〈百一詩〉一篇，所謂「下流
> 不可處，君子慎厥初」者，與陶詩不相類者，五臣注引《文
> 章錄》云：「曹爽用事，多違法度，璩作此詩，以刺在位，
> 意若百分有補於一者」，淵明正以脫略世故，超然物外為
> 意，故區區在位者，何足以累其心哉！且此老何嘗有意欲
> 以詩自名，而追取一人而模仿之？此乃當時文士與世進取
> 競進而爭長者所為，何期此老之淺，蓋嶸之陋也。〔註41〕

沈氏之說大抵承葉夢得而來，認為應璩作〈百一詩〉目的在諷刺在位
者，而陶淵明乃超然物外，曠世獨立，當政在位者如何能使淵明心神

〔註40〕《說詩晬語‧卷上‧六十》，同第二章註2，頁202。
〔註41〕參見《說詩晬語詮評》，蘇文擢著，台北市：文史哲出版社，民國74
　　　　年10月修訂再版，頁145

爲之所累，而刻意做詩諷刺呢？加上陶淵明本和那些欲以詩歌聞名於世的文士不同，怎會刻意去模仿應璩而求取詩名呢？基於這兩點，葉夢得認爲鍾嶸說陶詩出於應璩，是十分鄙陋的說法。但明代許學夷《詩源辯體》卷六：

> 鍾嶸謂淵明詩，其源出於應璩，又協左思風力。葉少蘊嘗
> 辨之矣。愚案太冲詩渾樸，與淵明詩略相類。又太冲常用
> 魚虞二韻，靖節亦常用之。其聲氣又相類。應璩有〈百一
> 詩〉，亦用此韻。中有云：「前者隳官去，有人適我閭，田
> 家無所有，酌酒焚枯魚」；又〈三叟詩〉簡樸無文，中具
> 問答，亦與靖節口語相近。嶸蓋得之驪黃間耳。〔註42〕

許學夷一從兩人用韻方面，古代魚、虞同韻，應璩和陶淵明詩多用此韻，二從兩人詩歌皆簡樸如口語這兩方面來支持鍾嶸「淵明詩出於應璩」的說法，但光從零章斷句來判斷，似顯得不夠周全。此外，郭紹虞《中國文學批評史》中評論鍾嶸《詩品》時說：

> 論文學作品而這樣泥於家數講求流派，本不免牽合附會之
> 處。所以葉夢得《石林詩話》即議其陶潛出於應璩之非。
> 但《詩品》之論應璩，稱其「善爲古語」，論陶潛稱其「篤
> 意眞古」，則其所以系陶潛於應璩者，或即在此。〔註43〕

郭紹虞從鍾嶸自己的評論中，去牽繫出鍾嶸何以說陶淵明源出於應璩的理由，從鍾嶸的眼光來看，兩人詩中皆有古意古語，所以可以說陶淵明源出於應璩。另有近代學者陳延傑之《詩品注》，〔註44〕則引用沈氏《古詩源》卷九評陶淵明詩專用《論語》，和劉熙載《藝概·詩概》中說：「陶淵明則大要出於《論語》」，〔註45〕和舉〈百一詩〉多出於《論語》之例，如「下流不可處」、「是謂仁智居」等句，再引陶

〔註42〕許學夷《詩源辯體》，杜維沫校點，北京：人民文學出版社，1987年
　　　2月北京一版，頁99。
〔註43〕郭紹虞《中國文學批評史》：台北：文史哲出版社，民國77年4月
　　　版，頁161。
〔註44〕《詩品注》，陳延傑注，北京：人民文學出版社，頁42～43。
〔註45〕劉熙載《藝概》，頁54。

詩多處用《論語》入詩而得其化境，證明鍾嶸所說無誤，也不夠完備。
而蘇文擢《說詩晬語評詮》則從三方面來論述鍾嶸此說的原因，就比
較完備而令人信服。

　　首先，他就詩歌主旨和題材而言，先引鍾嶸《詩品》說應璩的詩
「善爲古語，指事殷勤，雅意深篤，得詩人譏刺之旨。」又引張方賢
《楚國先賢傳》說：「應璩作〈百一詩〉，譏切時事」。李充《翰林論》
也說：「應休璉五言詩百數十篇，以風規治道，蓋有詩人之旨焉」，他
們都認爲應璩的詩有針對時事而諷諫，具備風雅譏刺時政的傳統。而
昭明太子蕭統有《陶集》序，序中說陶淵明「與時事則指而可想，論
懷抱則曠而且眞」，看淵明的幾首寄託之作，如前面提到的〈詠荊軻〉、
〈三良〉、〈二疏〉和〈雜詩〉、〈擬古〉等篇，沈氏自己也說淵明時時
寄託，淵明正是處於易代之時，譏切時事，當然不能直言所指，正因
欲言難言，所以寄託懷抱於詩中，雖說不是刻意摹擬應璩，但可以說
在詩旨與題材上略爲相通。

　　其次，從描寫歸田旨趣和安貧樂道方面，陶淵明和應璩可說是有
相同的地方。如《隋書‧經籍志‧應璩集》中應璩寫給從弟君苗、君
冑的書信，內容幾乎都是講述歸田之趣，又如與尙書諸郎書中，亦可
見其陋巷簞瓢之樂。即使在〈百一詩〉中「年命在桑榆」一首和〈三
叟詩〉，也都闡明「知止固窮」的本分，和陶淵明躬耕安貧、知足知止
之旨可說是相同的。再次，就史料而言，在《隋書‧經籍志》中，還
保留有《應璩集》十卷，到後代所選應璩的詩只剩十二首（如明代張
溥編的《漢魏六朝百三家集》中的《應休璉集》），所以有很多作品後
代的評論家未能看到，而鍾嶸品詩時，是在《隋書》之前，因此應該
是在閱讀應璩全數的作品後而下的評論，這一點我們不能不注意到。
最後，蘇文擢在眾評論家中找到了王夫之在評陶淵明的〈擬古詩〉「迢
迢百尺樓」時說：「此眞〈百一詩〉中傑作，鍾嶸一品，千秋論定。」，
足以爲鍾嶸之說參證。綜觀各家說法，我們認爲蘇文擢從四方面來支
持鍾嶸的說法，所用的推測和所舉的例證，都較其他各家詳備，所以

我們認爲他的說法值得採信，而沈氏所駁鍾嶸之說有些部分未必盡客觀，我們從上面他反駁鍾嶸對郭璞和陶淵明評論之例即可知。

此外，在沈氏爲詩人立小傳或做生平介紹時，也對詩人的人品與詩歌的關係做出評價。基本上，沈氏站在儒家詩教的立場，認爲詩品關乎人品，詩歌的內涵和價值與詩人本身的人格有直接的關係。沈氏論詩強調溫柔敦厚，溫柔敦厚自古以來就是儒家陶冶人格的價值取向。從儒家詩學的立場來看，詩歌能有教化的功能，主要來自詩歌具有溫柔敦厚的特質，詩歌能有這種性質，乃是取決於詩人的性情，詩人性情之正，則詩歌亦能表現出其人格高尚之處，若人格低劣，所作的詩也就無可取。典型的例子是沈氏對陶淵明和陸機、潘岳的評論。沈氏評陶潛〈詠貧士〉詩說：

> 不懼飢寒，達天安命，陶公人品不在季次、原憲下，而蓋
> 以晉人視之，何耶。（卷九晉詩）

前面討論過沈氏對陶淵明的評論，沈氏認爲他處在朝代更替之際，常常有欲言難言的時候，因此詩歌常有所寄託。從陶淵明的詩歌中，可以看出他處在政治社會局勢黑暗混亂的時代，儘管生活艱困，他始終不肯改變固窮守節的志向，他將自己一生由隱而仕，由仕歸隱的思想變化過程坦率而眞誠的展現出來，尤其是自己面對選擇仕隱貧富時的矛盾，也毫無避諱的寫在詩歌中，從他的〈擬古〉九首和〈詠貧士〉等詩作中，可以看出他面對易代之際如何去探索自己的人生道路，即使歸隱，也不是在逃避現實、獨善其身，而是有意識的追求人生的眞諦，因此，他在詩歌中表現出來的品格是如此的高尚，和那些託言歸隱，卻心在魏闕的文人自然不同，所以沈氏將他比作孔門弟子原憲和季次。原憲，字子思，魯國人。季次是齊國人公皙哀的字。他們兩人的事蹟記載在《史記》卷六十七〈仲尼弟子列傳〉中，另外在〈遊俠列傳〉中也說：「及若季次、原憲，閭巷中人也。讀書懷獨行君子之德，義不苟合於當世，當世亦笑之。故季次、原憲終身空室蓬戶，褐衣疏食不厭，死而已。」陶淵明的品格高潔，雖然在當代不被看重，但其

詩歌表現出一種對理想的堅持和守正不阿的耿介品格，往往爲後世所推崇。反之，像陸機、潘岳，《詩品》雖將他們的詩列爲上品，稱他們詞贍體美、才如江海，﹝註46﹞但在沈氏看來，他們兩人人品不佳，其詩又多對偶鋪排，缺乏動人的情韻，所以選取他們的詩作不多。他說：

> 安仁黨於賈后，謀殺太子遹，與有力焉，人品如此，詩安得佳？潘、陸詩如剪綵爲花，絕少生韻，故所收從略。(卷七晉詩)

潘岳在元康年間，與石崇阿附賈謐，爲二十四友之首，他熱中功名，趨炎附勢，賈謐出遊時，他甚至與石崇望塵而拜，爲母親所譏誚。據《晉書》卷五十三，〈潘岳傳〉中記載，當時賈后欲廢愍懷太子遹，設計灌醉太子，讓當時爲黃門侍郎的潘岳寫書草，內容像是太子自己向上天祈禱陛下、中宮自行了斷，以利己之登基，於是令太子醉時書之，賈后便以之爲廢太子憑據。所以沈氏說他人品如此卑劣，詩如何作得好？足見沈氏基本上在評論詩作時，從儒家詩教的立場而言，亦以其人品之優劣爲先，人品不佳，詩亦不佳。但是，在這基本原則之下，也有例外，令沈氏甚爲不解者，即隋朝的楊素，他說：

> 楊素：武人亦復奸雄，而詩格清遠，轉似出世高人，眞不可解。(卷十四隋詩)

《隋書·楊素傳》記載楊素早年仕於周，因戰功而升至高位。後又爲隋平陳，封越國公，專掌朝政。他本有文才，一生多以武功爲事，以名將著稱，所以沈氏稱其爲武人。然而楊素由於位高權重，故常輕侮朝臣，以智詐自立，不由仁義之道，最後終招致滅亡。但他的詩歌卻和他的政治作風不同，有歌頌漢將建功塞北、悲涼慷慨的〈出塞〉，也有詞氣宏拔，風韻秀上的贈作，如〈贈薛播州〉、〈山齋獨坐贈薛內史詩二首〉，他的詩有一種超拔塵俗的氣象，沈氏評他的〈贈薛播州〉說：「未嘗不排而不覺排偶之迹，骨高也。」足見他的詩歌骨格奇高、

﹝註46﹞鍾嶸評陸機詩：「其源出於陳思。才高詞贍，舉體華美。」評潘岳：「陸才如海，潘才如江」。

章法新穎，典型的反應了隋詩詞清調雅的一面，在當時詩壇可說有他獨到之處，然沈氏評詩向來兼論人，以楊素在政治上作威作福，陰謀狡詐，詩歌卻不同其人，反有一種清超之氣，彷彿出世之人所爲，所以令沈氏覺得不可思議，但是從沈氏的評論中，依然可以看出他仍是以詩品關乎人品之論爲主，才會覺得以楊素之行與其詩風格迥異之不可解。

（二）詩歌創作的背景介紹

　　沈氏在詩題之下，往往有對該首詩作的背景加以介紹，以利讀詩者了解詩歌的創作背景，介紹的內容包括詩家創作的時空環境，亦有對詩歌體裁的介紹、或是說明詩歌名稱的由來及意義，也有指出詩歌命題的方法等等。沈氏在介紹詩歌創作的時空背景時，經常引用經史雜記上的資料加以說明，如史書大多引正史如：《史記》、《漢書》、《後漢書》、《梁書》等史書加以說明，樂府則大多引晉崔豹的《古今注》和陳釋智匠的《古今樂錄》等，另外有一些則引晉葛洪《西京雜記》和晉王嘉的《拾遺記》。有些則是由沈氏自己加以說明，如漢武帝的〈秋風辭〉、〈柏梁詩〉等等。我們以漢代樂府歌辭〈箜篌引〉爲例，沈氏引用了晉朝崔豹的《古今注》：

> 朝鮮津卒霍里子高，晨起刺船，有一白首狂夫，披髮提壺，亂流而渡。其妻隨而止之，不及，遂墮河而死。妻援箜篌而鼓之，作〈公無渡河〉之曲，聲甚悽愴，曲終亦投河而死。子高還，語其妻麗玉，麗玉傷之，乃作箜篌，寫其聲名〈箜篌引〉。

這是漢樂府相和歌中最短的一首歌辭，根據《古今注》的記載，這是一個發生在現實生活中悲慘的故事。沈氏在詩題下引用了崔豹《古今注》的說明，讓讀者在讀這首詩時，同時想像著妻子的悲傷、懊悔，使詩歌本身具有更大的震撼力。

　　除了對創作的時空背景加以介紹外，沈氏也對詩歌篇名的意義或由來加以說明，並約略指出詩歌主旨，如曹植的〈名都篇〉，沈氏於

篇名之下說：

> 名都者，邯鄲、臨淄之類也。以刺時人騎射之妙，遊騁之
> 樂，而無憂國之心。（卷五魏詩）

沈氏篇名之下引用了《文選》六臣注引張銑所說的是諷刺時人無憂國
之心，而明唐汝諤《古詩解》則以爲本詩主旨是子建自負其才，卻遭
文帝壓制，心中抑鬱不得伸，所以感憤而賦此詩。若按唐氏之說，這
篇作品應是曹植晚期之作，但從作品本身來看，詩中翩翩少年似是曹
植自況，其晚期心境已是抑鬱不歡，筆調上較不像是他晚期的作品，
所以沈氏引張銑的說法應是較可採信的。

（三）對作品之考據

　　一本詩集的編選，所涉及的問題相當龐雜，而從對作品的考據上
也可以看出編詩者的態度及觀感。沈氏在本選集中，也對一些考證上
的問題加以說明，如在詩前的例言，就先針對一些後人疑爲僞作的作
品提出說明，如夏禹的〈玉牒詞〉、漢武帝的〈落葉哀蟬曲〉等等，
在前面選詩標準時曾經討論過這個問題，而在選集中，類似這種疑似
後人僞作的作品還有蘇武的〈詩四首〉、歌謠〈丁令威歌〉和〈蘇耽
歌〉。以蘇武〈詩四首〉爲例，來看沈氏對於作者問題的觀點。沈氏
在該詩下說：

> 首章別兄弟，次章別妻，三、四別友，非皆別李陵也。鍾
> 竟陵俱解作別李陵，未必然。

沈氏將原本《文選》選的蘇武詩四首的次序有所更動，原本第二章「黃
鵠一遠別，千里顧徘徊」置於第三章，然後按所別的對象親疏主次列
之，認爲這四章並非全爲別李陵，來反駁鍾惺認爲這四章都是別李陵
的說法。沈氏之後，選古詩而於蘇武〈詩四首〉和《文選》的排列次
序不同者，大多依沈氏之說。沈氏之說對於舊說有所辨正，但卻仍將
其詩置於蘇武之下，並於篇末又說：「篤情款款，淡而彌悲，連上首
應是贈李作」，也就是說，沈氏還是認爲這是蘇武贈李陵之作，和學
術界的認定有所不同。《昭明文選》中收入題爲蘇武所作的五言詩有

四首，李陵所作的有三首，一般稱爲蘇李詩。而《古文苑》和《藝文類聚》又收了李陵〈別詩〉八首和蘇武〈答李陵詩〉一首，加上《初學記》選錄蘇武〈別李陵〉一首，這十首詩，歷代評論家對於這些是否爲蘇武、李陵所作，看法不一。蘇軾因爲不滿《文選》的選編，在蘇、李的〈長安送別詩〉中讀出「江漢」二字，即懷疑其爲後人僞作。宋朝博學多聞的洪邁在其《容齋隨筆》中也發現《文選》所載李陵〈與蘇武三首〉中出現「盈殤」之「盈」犯了漢惠帝的諱，也認爲蘇、李詩應爲僞作。明清及近代學者如顧炎武、錢大昕和梁啓超等人也認同此說。但近代汪辟疆卻有不同的看法，他認爲《文選》蘇武〈詩四首〉爲別李陵之說，起於唐代，而光憑「江漢」、「盈殤」也難確定其詩之僞，他主張「與其過而疑之，寧過而存之」。而逯欽立輯校的《先秦漢魏晉南北朝詩》則採取了審愼的態度，他既不認爲是蘇、李之作，也不認爲是六朝擬作，而是將這些作品歸入東漢卷，題以「李陵錄別詩二十一首」。至今學界普遍認爲這些詩是不知作者的無名詩，皆是東漢人所作。由此可知，沈氏在對作者考據上，雖有提出辨正，但仍不夠嚴謹。其他像在〈古逸〉卷，一些上古的歌謠及夏禹〈玉牒詞〉、漢武帝的〈落葉哀蟬曲〉、〈柏梁詩〉，卓文君的〈白頭吟〉、王昭君的〈怨歌〉、漢代歌謠〈丁令威歌〉、〈蘇耽歌〉等等，有些沈氏自己都明說是後人僞作，但沈氏卻又將這些詩選入，且作者名稱仍未改變，也未詳加考證，作爲一本探溯詩歌源流的選集，對於作者問題考據如此不嚴謹，這一方面固然是沈氏的疏忽，但另一方面也透露出沈氏對這本選集的重心所在及其詩觀，沈氏在〈例言〉中也說明了，古逸和漢代歌謠多後人僞作，但自己還會將這些作品選入的主要原因，就是「詞旨可取」，也就是沈氏編這本詩集主要的動機，畢竟是以提倡詩教，上溯風雅爲主，因此，他特別強調收錄「古詩之雅」者，強調詩歌內容主旨之價値甚過其眞僞之價値，因此，使得他對於作者問題的考證就顯得不嚴謹。然而，作爲一部探討詩歌發展源流的選集，本身就應該注意詩歌眞僞及確實可信的年代，否則易使後代讀者對於詩歌

發展產生混淆，這一點筆者不得不對沈氏提出批評。〔註47〕

　　這一章主要從沈氏編選《古詩源》的動機和選集在形式上的特色作分析，尤其從沈氏批評的基準去理解、探究他的詩觀，並對沈氏引申或駁辯前人之評論提出肯定或質疑，有助於對《古詩源》價值和沈氏的詩觀更進一步的認識。

〔註47〕參見金開誠、葛兆光《歷代詩文要籍詳解》，北京：北京出版社，1988年，頁 56。

第四章　《古詩源》內容分析

　　前面已就本選集的形式加以分析，這一章要就本選集在詩歌內容上作具體的分析。沈氏為使讀者能探究詩歌發展的脈絡，按照歷史朝代的順序來介紹各代的詩人及其代表作品，若要將全部的作品一一分析，在操作上有其困難度，因此以沈氏在例言中所舉各朝代具有代表性的詩人及其作品，去歸納出沈氏對於作品主題的選取傾向，及主要的詩歌價值觀。筆者在各朝代之下除了古逸、漢代以外，較不以詩歌體制分類去做分析，主要是因漢魏六朝詩歌體制不像唐以後明顯區分古詩、絕句、律詩，而本選集作為探討唐代詩歌之源，主要還是以五言詩為主，所以不明顯區分各體制的詩歌內容，而以各朝代的代表詩人及其詩作所呈現的主題和題材，去觀察各朝代詩歌的內容風格特色，及沈氏在批評上所著重的地方。以下即分各朝代來說明。

第一節　古　逸

　　沈氏從經、史、諸子中選擇他認為詩歌內容較「雅」者，置於漢代詩歌之前，以窮詩之源，這些詩歌的時代從陶唐到秦代，體裁包含歌、繇、辭、戒、銘、書、箴、謳、誦、操、祝、諺、俚語等，各體裁的主題也各有不同，祝辭如〈伊耆氏蠟辭〉、〈越群臣祝辭〉、〈祝越王辭〉、〈禳田者祝〉和〈祈招〉是以祈福為主；銘辭如〈商銘〉、〈盥

盤銘〉、〈帶銘〉、〈杖銘〉、〈衣銘〉、〈筆銘〉、〈矛銘〉、〈鼎銘〉和〈書
車〉、〈書戶〉、〈書履〉、〈書硯〉、〈書鋒〉、〈書杖〉、〈書井〉等主要是
以自我警戒為主題；箴類如〈虞箴〉是以規勸諷諫為主題；其他各類
民謠、歌謠有些是反映政治興衰或諷刺在位者，如〈麥秀歌〉、〈採薇
歌〉、〈忼慷歌〉、〈龜山歌〉、〈去魯歌〉、〈蟪蛄歌〉、〈獲麟歌〉、〈楚聘
歌〉、〈接輿歌〉、〈偕隱歌〉等；或是抒發人民或個人情志及感懷者如
〈楚人謠〉、〈臨河歌〉、〈烏鵲歌〉、〈答夫歌〉、〈琴歌〉等；亦有反映
施政得失，民心民情的〈子產誦〉、〈孔子誦〉等，其他引用經、史、
雜記之俚語、諺語也呈現多樣的題材。筆者擇取沈氏針對其內容主題
加以批評者來做分析，一是有關政治教化的主題；二是有關個人立身
處世的主題。

一、有關政治教化者

上古的歌謠諺語或箴、銘、祝、辭，有些雖然未具備詩歌的基本
形式，但基本上具備了《尚書》和〈詩大序〉所說的表達情志或思想
的功能，因此在內容上有其主題的呈現，先秦時將文學視為傳達思想
感情的工具，或當成政治上的外交辭令反應民心向背的管道，因此，
在《古詩源》古逸卷中，這類題材不算少，而筆者擬以〈忼慷歌〉和
〈獲麟歌〉為例，來做分析說明。〈忼慷歌〉：

> 貪吏而不可為而可為，廉吏而可為而不可為。貪吏而不可
> 為者，當時有汙名；而可為者，子孫以家成。廉吏而可為
> 者，當時有清名；而不可為者，子孫因窮披褐而負薪。貪
> 吏常苦富，廉吏常苦貧。獨不見楚相孫叔敖，廉潔不受錢。

這首歌謠見〈孫叔敖碑〉。《史記‧滑稽列傳》也有類似的記載。《史
記》上說，楚國宰相孫叔敖去世後，他的兒子十分窮困，優孟很同情
他，就讓他穿戴孫叔敖的衣帽。一年多後，他的言談舉止很像孫叔敖。
楚王看到他，嚇了一跳，以為孫叔敖復生，想以他為相。優孟告訴楚
王，楚國宰相不能當，因為孫叔敖生前作為楚國宰相，對國事盡忠，

為官又清廉，輔佐楚王得以稱霸天下。如今他去世了，他的兒子落得窮困負薪的下場，如果再讓孫叔敖的兒子當宰相，最後還是會像孫叔敖一樣使得子孫貧困，還不如自殺死算了。因此優孟就唱了這首歌，楚王聽了之後，有所感悟，召見孫叔敖的兒子，給他寢丘這塊封地。沈氏在這首歌謠之後評曰：

　　　將廉吏之不可為說透，而主意於末一語綴出，情深語竭，
　　楚王聽之，不覺自入。

這首歌謠用貪吏和廉吏做一個強烈的對比，以貪吏為賓，襯出廉吏的主，同時以「不可為而可為」、「可為而不可為」的句型作錯綜的變化，立意清楚又婉轉曲折，表達出在楚國當清官的下場，最後帶出孫叔敖正因廉潔不受錢而使後代子孫貧苦，將主旨置於整首歌謠之末，正所謂語盡而情未盡，使楚王在迴環的歌聲中，漸漸為孫叔敖的清廉所打動，而詩歌本身也達到了委婉諷諫的效果，正是言淺情深，易於感人。這首歌謠是以孫叔敖的廉潔作為主題，來感悟君王重視廉潔的清官，有其政治教化的功能和意義，和沈氏要求詩歌要以深情動人，要有溫柔敦厚的內涵相符，正可看出沈氏在選、評詩歌時重視詩歌內涵有政治教化的功能。

　　〈獲麟歌〉出於漢朝孔鮒的《孔叢子・記問》，「叔孫氏之車子曰鉏商，樵於野而獲獸焉，眾莫之識，以為不祥，棄之五父之衢。冉有告夫子，『身而肉角，豈天之妖乎？』夫子曰：『今何在？吾將觀焉。』遂往，謂其御高柴曰：『若求之言，其曰必麟乎？』到視之，果信。言偃問曰：『飛者宗鳳，走者宗麟，為其難致也。敢問今見，其誰應之？』子曰：『天子布德，將致太平，則麟鳳龜龍先為之祥。今宗周將滅，天下無主，孰為來哉？』遂泣，曰：『予之於人，猶麟之於獸也，麟出而死，吾道窮矣！』乃歌曰：

　　　唐虞世兮，麟鳳遊，今非其時，吾何求？麟兮麟兮我心憂！

根據《藝文類聚》卷九十八記載，麒麟出現，表示王者有德，不肖斥退，賢者在位，是一種太平盛世的象徵。當孔子之時，周朝宗氏愈趨

衰敗，天下沒有賢能的領導人，而麟卻在此時現而復亡，所以孔子不禁淚下而歌，感嘆世道的衰微，自己推行仁政的理想也將無從實施了。沈氏評此詩曰：

> 和平語入人自深，此聖人之言也。

詩歌之所以能感人，不在將內心情感毫無保留全部傾洩而出，無論歡喜、悲傷或是憤怒都用最激烈的言詞直接表達，這樣的詩歌，缺乏一種溫和蘊藉之美，孔子這首〈獲麟歌〉，是在孔子對於整個世局有一種欲天下平治而不得的悲慟中發唱出的，邊唱邊哭，那種幾近絕望的心情，不是用激烈言詞來抒發，而是帶著一種悲憫的胸襟，吐出憂國憂民之心聲，不爲個人的處境，乃是爲整個天下國家而歌嘆，而其之所以能感人，正是他這種憂天下蒼生的情志。沈氏所推重的正是這種胸襟氣度，和溫婉和平的表達方式。

二、有關個人立身處世者

沈氏所選的銘，大多是用來自我警惕，修身修德的，如選自《大戴禮·武王踐阼》的五篇銘文，其背景爲武王剛即位三天，問諸大臣有沒有可以作爲傳給子孫萬代的常言？大臣們都無以對，武王問姜太公，太公爲其道《丹書》之言。武王聞之，戒愼警惕，將其言書於屋室和坐席四周的各種器物上，像機、鑒、盥盤、楹（柱子）、杖、帶、履屨、觴豆（杯和盛物器）、戶、牖、劍、弓、矛，都寫上銘辭，以自我警戒同時傳給後世子孫。此外，沈氏所引《太平御覽》中所說武王隨師尚父言，因爲書銘，意亦同此。如〈盥盤銘〉云：

> 與其溺於人也，寧溺於淵。溺於淵，猶可游；溺於人，不可救也。

沈氏評曰：

> 諸銘中，有切者，有不必切者，無非借器自儆，若句句黏著，便類後人詠物。

銘是刻在器物上的文字，古時黃帝軒轅氏爲了匡正錯失，把銘文刻在輿車和巾几上；大禹將銘文刻在懸卦鐘磬的木架上，藉此來招治天下

的賢人進諫；商湯在他的盤盂中刻上「苟日新，日日新，又日新」的文字，藉以規誡自我。周武王的銘文，一方面用以自我惕勵，一方面藉以垂訓後代子孫。這些先聖都是藉鐫刻銘文以戒慎惕勵，《文心雕龍·銘箴》：「故銘者，名也，觀器必也正名，審用貴乎盛德。」，銘的意思是稱名，觀察器物給它一個適當的名稱；審定一個器物的用途，則要配合器物所能彰顯的盛德。像這首〈盥盤銘〉，盥洗用水，和水有關，由水之溺，聯想到人之溺，水溺尚可靠游自救，若是溺於人，則是無可挽救了。整首銘文，從其整體內容上，是警惕自己要知人、識人之外，更重要的不要過度寵信於人，尤其作為國君，更不可耽溺於小人。而沈氏評這些銘文，認為在內容上，不一定是每句都針對器物的形狀、作用而發揮，重要的是要了解其藉此器物自我惕勵的主題，才能掌握銘文的內涵。

第二節　漢　代

沈氏在《古詩源》例言中說：

> 風騷既息，漢人代興，五言為標準矣。就五言中，較然兩體，蘇李贈答、無名氏〈十九首〉，古詩體也。〈廬江小吏妻〉、〈羽林郎〉、〈陌上桑〉之類，樂府體也。

沈氏論古詩傳統，基本上是以五言詩為中心，五言詩以漢代為起點，就古詩而言，蘇李詩和〈古詩十九首〉是五言之祖；而漢代因采詩入樂而有樂府詩體，漢初的〈安世房中歌〉可說是接近《詩經》的雅，武帝時的〈郊祀歌〉接近頌，而民間樂歌像〈陌上桑〉、〈羽林郎〉等就接近國風。所以漢代分兩種體材來看詩歌的主題內容：一是代表文人傳統的五言之祖蘇李詩和〈古詩十九首〉；二是上述三類樂府詩。

一、古　詩

（一）蘇李詩

關於蘇李詩的作者問題前面已略做說明，筆者認為雖然作者不一

定爲李陵、蘇武，但可以確定是東漢人的作品。蘇武〈詩四首〉在風格上要比李陵〈詩三首〉顯得樸拙，可能時代略早於李陵詩。而蘇武詩四首的主題，第一首以「骨肉連枝葉」點出兄弟的離別，而第二首在次序上和《文選》不同，《文選》以「黃鵠一遠別」爲第二首，沈氏以「結髮爲夫妻」爲第二首，沈氏按人倫親疏的關係加以排序，有其提倡詩教之意義在，這一首在《玉臺新詠》中題爲〈留別妻〉，從詩中「征夫懷往路」、「行役在戰場」等語，顯然是一個即將應征出戰的男子，正與妻子分離，這是漢末常見的征夫別妻的主題，而征夫的叮嚀之辭，全是爲妻子著想，希望妻子珍惜青春，不要忘記今日的恩愛，全詩眞情流轉，從容傾吐，愈令人悲不自禁。第三首則是如方東樹《昭昧詹言》所言：「似爲客中送客，非行者留別，乃居者送行者之辭」，作詩者和友人都遠離故鄉，客居異地，本來鄉愁已縈繞胸懷，如今又客中送客，更讓詩人心緒繁亂，倍加痛苦。幸而能藉著遊子吟的樂曲來抒發內心的悲愁，不料琴聲的慷慨激烈使內心的失意悲憤更重重迭出，交錯而來，摧殘著身心，只得趕緊換首輕快的樂曲，舒緩氣氛，沒想到適得其反，作者自己竟壓抑不了內心的傷感，淚水漣漣而下，失聲痛哭。最後在作者安定自己的情緒後，表達出希望能與友人同往的願望，雖不能實現，但可體會出作者那種眞誠的渴望和不願離別的心情得到一步步的昇華，令人讀來頗覺情深意長，纏綿不絕。
第四首的主題也是寫送友人南歸：

> 燭燭晨明月，馥馥秋蘭芳。芬馨良夜發，隨風聞我堂。征夫懷遠路，遊子戀故鄉。寒冬十二月，晨起踐嚴霜。俯觀江漢流，仰視浮雲翔。良友遠別離，各在天一方。山海隔中州，相去悠且長。嘉會難再遇，歡樂殊未央。願君崇令德，隨時愛景光。

詩的開頭即描寫將別之時，在明月未墜，秋蘭散發著濃郁香氣的早晨，蘭花的清香隨著風飄入詩人的堂室，《文選》注中說：「秋月既明，秋蘭又馥，遊子感時，彌增戀本也。」在令人善感的秋季，明淨的秋月

漸漸隱落，早晨的空氣中飄散著象徵友情的秋蘭花香，這樣的情境醞釀出一種依依惜別的氛圍。「寒冬」四句是設想友人在寒冬時行程到達江漢間的情景，從節令和環境來說，冷冽的十二月，舟行江漢，旅途中孤單寂寞的心情已在作者腦海中一一勾勒，顯現出作者對友人的關切、體貼，對照出當下面對即將分離的場景，憑添多少的留戀與掛慮啊！後八句將時空拉回送別時，前四句扣住一個「遠」字，又暗用了《穆天子傳》中的「道里悠遠，山川間之」的句子，更加烘托出此地一為別，相隔千萬里，要再相見多不容易，因見之不易，也就別得更難。末四句不用激昂高亢的離別愁緒作結，反而宕開離情，轉為相互期勉，努力修德以待後會之期。陸時雍《詩鏡總論》說蘇李贈言「溫而戚」、「味之長言之美也」，正在於此。沈氏於此詩下評曰：「篤情款款，淡而彌悲。」蘇李詩沒有華麗鋪排的詞藻，沒有過多激昂的情緒，在這溫和渾成的詩句中隱隱透出真摯深刻的感情，這是最足以動人的地方，也是沈氏所一再強調的「深情自足以動人」，正由於詩人得性情之正，所以面對難以承受之離情，用詩歌表達時亦能「發乎情，止乎禮」，這也是儒家以詩歌來陶冶人具有溫柔敦厚性情的重要原因。

　　李陵詩相對於蘇武詩而言，篇幅較短但更精煉，如第一首：

　　　　良時不再至，離別在須臾。屏營衢路側，執手野踟躕。仰
　　　　視浮雲馳，奄忽互相踰。風波一失所，各在天一隅。長當
　　　　從此別，且復立斯須。欲因晨風發，送子以賤軀。

這首詩主要表現分別時臨別的短暫時刻，從依依難捨的執手踟躕，隱見其內心欲別難別的掙扎，由仰視浮雲牽繫到日後相隔兩地的長別。送君千里終須一別，此短暫的徘徊雖不能留住即將遠行之人，卻可以延遲將別之片刻。相較於蘇武詩重疊複沓的傾訴離別之思及慰勉之辭，李陵詩以更簡單樸素的情境融合真摯深刻的情感，傳達出臨別將別的難捨。所以沈氏於其下評曰：

　　　　一片化機，不關人力。此五言詩之祖也。音極和，調極諧，
　　　　字極穩，自是漢人古詩，後人摹倣不得，所以為至。

又如向來被認為李陵詩中最佳的第三首：

> 攜手上河梁，遊子暮何之。徘徊蹊路側，恨恨不能辭。行
> 人難久留，各言長相思。安知非日月，弦望自有時。努力
> 崇明德，皓首以為期。

前六句道出別地河梁、蹊徑，及將別難別、攜手徘徊的眷戀難捨之情。從「各言」句中看出不管是送行者或行者，都是在別時依依不捨，述說著相思之意。到臨別之時，當感傷的離情再度沸騰時，於是將欲奪眶而出的淚水轉而化成對未來再見的期望，即使明知後會難期，而寄望於安知非同日月，縱使到鬢髮如霜時，仍不放棄相見的希望，為了能夠再續前緣，同時勉勵著彼此要過得好，要好好修養德性，正所謂「情之深而語之正」也。然而此地一為別，日後是否還真能相見？生命中充滿著太多不確定的因素，也許此地一別便有可能是腸斷天涯，永無會期的永別了，詩人卻還以日月的弦望來寄託希望，並互相勉勵，要彼此努力崇德，過得更好，這樣的規善之辭，乃是出於其忠厚之心。〔註1〕所以沈氏評曰：

> 此別永無會期矣，卻云弦望有時，纏綿溫厚之情也。「努力
> 崇明德」正與「願君崇令德」二語相贈答。

正因詩人內心忠厚，性情貞正，所以表現在詩歌語言上，也才能充滿著溫柔厚道足以感人的真情。沈氏在《說詩晬語》中也說：

> 古人意中有不得不言之隱，借有韻語以傳之。如屈原「江
> 潭」、伯牙「海上」、李陵「河梁」、明妃「遠嫁」。或慷慨
> 吐臆，或沈結含悽，長言短歌，俱成絕調。若胸無感觸，
> 曼爾抒詞，徒辦風華，枵然無有。〔註2〕

只有胸中有真實情境的感受，才能將離別之情，自然而然毫無矯揉做作的表現在詩歌語言中，蘇李詩可以說是以離情為主題而使詩歌達到

〔註1〕徐貞卿《談藝錄》：「夫詞士輕偷，詩人忠厚。上訪漢魏，古意猶存。
　　　　故蘇子之戒愛景光，少卿之力崇明德，規善之辭也。」《詩話叢刊》，
　　　　台北市：弘道出版社，民國60年3月，頁1419。
〔註2〕《說詩晬語·卷下·五》，頁187。

作法具備，情理兼賅的境界，沈氏在《說詩晬語》中說：

> 龐言繁稱，道所不貴。蘇、李詩言情款款，感寓具存，無
> 急言竭論而意自長，神自遠，使聽者油油然善入，不知其
> 然而然也，是爲五言之祖。蘇、李之別，諒無會期矣，而
> 云：「安知非日月，弦望自有時。」何怊悵而纏綿也！後人
> 如何擬得！〔註3〕

這種使「聽者油油然善入」的教化作用，正是儒家詩教中在漢代以來
所強調的傳統，蘇李詩在離情的主題上繼承了國風溫厚和平的風格，
加上沈氏在編排蘇武〈詩四首〉時還刻意按照其內容中五倫親疏之別
加以排序，更可以看出沈氏在詩教上的用心了。

（二）《古詩十九首》

　　東漢有很多不知作者的文人五言詩，《文心雕龍・明詩》：「古詩
佳麗，或稱枚叔，〈孤竹〉一篇，則傅毅之詞。比采而推，兩漢之作
乎？」劉勰認爲這些無名的文人詩，有人說是枚乘所作，其中有一篇
〈冉冉孤生竹〉，是傅毅的作品，其他的大抵是兩漢文人所作。鍾嶸
《詩品》則認爲人世難詳，並未列作者之名，李善注：「古詩，蓋不
知作者。或云枚乘，疑不能明也。詩云：『驅車上東門』，又云：『遊
戲宛與洛』，此則辭兼東都，非盡是乘明矣。昭明以失其姓氏，故編
在李陵之上。」〔註4〕枚乘是西漢景帝時人，而詩歌中又出現「東門」、
「宛與洛」皆是洛陽一帶，洛陽是在東漢時才會如此繁華興盛。李善
並未否定詩中有西漢枚乘的作品，但又指出其中亦間有東漢的作品，
這樣的說法是比較謹慎，但以相差兩三百年的作品風格都如此接近，
似乎也說不通。之後徐陵《玉臺新詠》卻將其中九首（〈西北有高樓〉、
〈東城高且長〉、〈行行重行行〉、〈涉江採芙蓉〉、〈青青河畔草〉、〈庭
中有奇樹〉、〈迢迢牽牛星〉、〈明月何皎皎〉和不在《十九首》中的〈蘭

〔註3〕《說詩晬語・卷上・五十》，頁199。
〔註4〕《文選》（梁）蕭統編，（唐）李善注，台北市：華正書局，民國79
　　　年9月初版，頁409。

若生陽春〉）題為枚乘雜詩九首，這些揣測大多不可靠，總而言之，《十九首》並非一人一時一地之作，但內容風格大體上相同，所產生的時代約在東漢順帝末到獻帝之間，此說基本上已成定論。

而關於《十九首》的主題內容，沈氏在《古詩源》中《古詩十九首》之後總評時說：

> 十九首大率逐臣棄妻、朋友闊絕、死生新故之感，中間或寓言、或顯言，反覆低徊，抑揚不盡，使讀者悲感無端，油然善入，此國風之遺也。

沈氏認為《古詩十九首》抒發的內容主題有三，一是逐臣棄妻，如〈行行重行行〉是嘆浮雲蔽日，忠人放逐而不忘欲返之詞；〈青青河畔草〉是刺盛年易逝，傷遇合之不再；〈青青陌上陵〉則以遊戲宛洛憂時念亂；〈西北有高樓〉則傷知音之難遇，皆為逐臣之辭。棄婦之辭如〈冉冉孤生竹〉為新婚遠別，〈凜凜歲云暮〉、〈明月何皎皎〉、〈迢迢牽牛星〉等。二是朋友闊絕，如〈涉江採芙蓉〉、〈庭中有奇樹〉都是贈所思之人；〈明月皎月光〉更是嘆已富貴之人，忘貧賤之交等。三是死生新故之感，像〈去者日以疏〉是遊子過墓壚而思鄉；〈迴車駕言邁〉感嘆人壽命的短促；〈東城高且長〉傷年華易逝，〈驅車上東門〉、〈生年不滿百〉則欲即時行樂等等。這三類主題可以說是人類感情的「基形」或「共相」，﹝註5﹞《古詩十九首》正是圍繞著這三種基本的感情來抒發，以下就以這三類分別來看。

1. 逐臣棄妻

我們前面說，《古詩十九首》抒發的是人類感情的基形或共相，正是因為每個人在生命的過程中都有自己人生中追求的理想或希望，有時是在事業上，有時是在情感上，東漢的文人基本上也有這種追求，他們希望在政治上能得到君王的重視，能夠發揮所長，理想高遠的更具有儒家思想中「齊家、治國、平天下」的胸襟懷抱，但是政

﹝註5﹞參見葉嘉瑩《漢魏六朝詩講錄》（上），台北市：桂冠出版社，2002年2月，頁104。

治上的遇合，不見得讓文人們的理想抱負都得以施展，因此在人生的際遇上就難免遭受挫折，內心也有許多的困惑和感歎了。在感情上也是一樣，誰不希望有情人終成眷屬，朝朝暮暮長相廝守？然而感情中也有很多的變數，如長時間遠別或外在環境複雜的因素等等，這和政治上的遇合其實有很多共通點，這也是文人在詩中常常以棄婦暗比逐臣的原因。而正因古詩的作者不明，無法根據詩中的情況去考察，所以讓讀詩者有更多自由聯想的空間，當作者表達一種情感時，對象往往可以因讀詩者人生際遇之感觸不同而有不同聯想，因此在十九首中，逐臣和棄婦的心境可以相通，因為在中國倫理關係中，君臣關係和夫婦關係本就極為相似。我們以〈行行重行行〉為例：

> 行行重行行，與君生別離。相去萬餘里，各在天一涯。道
> 路阻且長，會面安可知。胡馬依北風，越鳥巢南枝。相去
> 日已遠，衣帶日已緩。浮雲蔽白日，遊子不顧返。思君令
> 人老，歲月忽已晚。棄捐勿復道，努力加餐飯。

起句「行行重行行」，這五個陽平聲的字誦讀來就給人一種漸行漸遠、往而不返的感覺，而這次的離別相隔天涯萬里，既路途遙遠又多險阻，加上戰亂流離，要再相見恐怕是很艱難的。而有情之人豈會因此而斷了相思會面的希望，連自然界的動物都尚且有依戀之情，更何況是遠遊之人呢？然而在這種自然而然的情理之下，現實中時空距離的阻隔仍然存在，儘管時間不斷的延長，空間無限的拉遠，離人的相思與憔悴也是一樣無窮無盡，等待也不因日漸消瘦而停止，這裡隱含著一種義無反顧的堅定和溫柔平和的表現。「浮雲蔽白日」二句，道出了詩人的憂慮，儘管有著美好的期待和深情的等待，但外在環境的複雜與阻隔，是否已將之掩蓋而望不見了，使游子不能回來而不是不願回來。這兩句可以看出居者為遊子設想，遊子不歸不是他不願歸，而是「浮雲蔽白日」，使他不能返，更可見其情感的溫柔敦厚處了。然而縱使居者心意堅定的等待，隨著時間的流逝，自己將會逐漸的老去，於是產生了恐懼和不安，表現出一種對生命流逝，人生無常的自

覺。以棄婦的角度言，等待的時間越長，自己的青春年華將逐漸逝去，一旦所有希望都落空，豈不更令人驚慌。接著又轉筆一寫，這傷心的事以後再也不要提了，一方面是已無可挽回，說了只有徒增心傷，另一方面也只有默默承受了。然而最後一句勉勵的話語中還是可以看出其內心輾轉曲折的掙扎，「努力加餐飯」，要保重自己的身體，留一絲希望來延長等待的時間，或許遊子還會回心轉意，從此處更可見其情之苦，立意之堅。這首詩有以棄婦的角度解之，亦有以逐臣的立場分析，沈氏針對「浮雲蔽白日」二句引陸賈之說：「邪臣之蔽賢，猶浮雲之障日月」，又引樂府〈楊柳行〉：「讒邪害公正，浮雲蔽白日」，來說明其有所寄託，是以君臣關係來看待這首詩。從逐臣的角度而言，即使在政治上的際遇不順，仍要修德以待明君，正是儒家精神的體現，所謂「邦有道則仕，無道則隱，修身以俟命」，仍要對理想懷抱著希望，堅定而執著的去追求，是一種高貴和堅貞的品德操守。其實不管逐臣或棄婦，我們都像他們一樣，在人生中或遭遇許許多多的挫折，現實環境常常讓我們的理想或感情受到阻隔，那種被阻隔的心情就如同被逐棄一般，面對這種處境，東漢文人在詩歌中，如沈氏所說，或顯言、或寓言，藉著《詩經》比興的手法的成熟運用，加上《楚辭》精神的啓發，展現出即使在現實中屢屢遭受挫折與失敗仍不放棄對追求理想的執著，其化用漢樂府民歌反覆低迴的語言和質直的情感，在逐臣棄婦的主題上，使我們自然而然感受到一種堅持爲理想奮鬥不懈的精神，正是沈氏所謂的「油油然善入」，亦是《詩經》國風傳統精神的繼承。

2. 朋友闊絕

朋友闊絕的主題其實亦包含了夫妻離別，和蘇李詩一樣是以「離別」爲主題，在《古詩十九首》中，這類主題有以贈物爲題材的〈庭中有奇樹〉和〈涉江採芙蓉〉，也有睹物思人以述分離之苦的〈孟冬寒氣至〉，更有因友人遺忘舊交而感嘆悲憤的〈明月何皎皎〉等等。漢代古詩多遊子懷鄉或閨人怨別之作的原因有很多，其中包括了政治

上的因素，東漢章帝以後，社會漸趨動盪，戰爭加上飢荒，使得人民被迫遷徙，如年輕男子常被徵召出戰，死於戰場，甚至連許多遊宦他鄉的士子和中下層地方官，也常死於行旅中而無法回鄉，加上漢末遊宦風氣頗盛，當時仕進的管道有公府徵辟、郡國薦舉或是由地方屬吏升級，士人要求進取，就需要離開家鄉，到京師或異地去廣交權貴之門，為名利奔走，也嚐盡人情冷暖。《古詩十九首》所指的遊子，大抵是這些文人，因此他們在五言詩中，多以離別為主題，時而託言閨婦空床難守的怨嘆，抑或直寫失意於仕途，感嘆權貴之門難攀。筆者以〈孟冬寒氣至〉一首，來看沈氏對於這一主題的評價。

> 孟冬寒氣至，北風何慘慄。愁多知夜長，仰觀眾星列。三五明月滿，四五蟾兔缺。客從遠方來，遺我一書札。上言長相思，下言久離別。置書懷袖中，三歲字不滅。一心抱區區，懼君不識察。

沈氏評曰：

> 置書懷袖，親之也；三歲不滅，永之也；然區區之誠，君豈能察識哉！用意措詞，微而婉也。

這首詩就是在前面所說的背景下產生的，婦人等待著久遊未歸的丈夫，對丈夫多年前託人帶來的書信視如珍寶，藏於懷袖近身心，可隨時取讀，在讀時又是那樣小心翼翼，珍惜愛護，使信的字跡在多年之後仍然完好無缺，從這些細膩之處，都一一透露出她的款款深情。陸時雍說，只有親身經歷者才能有此深情，有此深情才能見其立言之善。然而多年的相思等待，內心的孤寂與煎熬，往往令詩中人深夜未眠，愁思纏綿，這樣堅貞的愛情，在遠方的遊子是否能感受到，思婦不得而知，我們更無從知道，但從思婦的款款深情中，其實是期望遊子能知，不管知或不知，思婦仍願意繼續守著、繼續等著的，從結尾四句，更可見其情深，其詞之婉，讓讀詩者對她可悲的遭遇與美好的情操，有著無限的同情和感動，這也正是沈氏所說深情足以動人的詩歌。

3. 死生新故之感

　　人的生命有限，隨著時間的流逝，人們對於生命中的無常及死亡的接近會感到一種不安和恐懼，尤其在失意或不安定的時代，人無法掌握自己的命運和年壽，因此對於短暫的人生會產生一種消極的想法，如即時行樂或是追求功名、仙道。日本學者吉川幸次郎在論《古詩十九首》的主題時以「推移的悲哀」作為標題，正足以說明《古詩十九首》中文人對於無常人生的感觸。（註6）像〈生年不滿百〉、〈迴車駕言邁〉、〈東門高且長〉等都呈了這樣的主題，以〈東門高且長〉為例，來看這一主題的呈現：

> 東門高且長，逶迤自相屬。迴風動地起，秋草萋已綠。四時更變化，歲暮一何速。晨風懷苦心，蟋蟀傷局促。蕩滌放情志，何為自結束。燕趙多佳人，美者顏如玉。被服羅裳衣，當戶理清曲。音響一何悲，絃急知柱促。馳情整巾帶，沉吟聊躑躅。思為雙飛燕，銜泥巢君屋。

沈氏於詩後說明，有人認為從「燕趙多佳人」下為另一首，但「燕趙多佳人」以下其實是本詩的轉折處，不應將它視為另一首詩，所以沈氏並未採取將本詩分為二首的說法。首二句以東門之「高」、「長」又連綿不斷的形象，讓人有一種受阻礙隔絕的感受，〈青青陵上柏〉中也有「驅車策駑馬，遊戲宛與洛。洛中何鬱鬱，冠蓋自相索」，洛陽城中熱鬧非凡，而達官貴人自相往來，結成了一個權貴勢利的社交網，作為一個外來的士子，是無法打入那個圈子，而連綿不斷又高又長的城牆，就象徵著一種阻隔和排斥。

　　前面談過當時東漢末年仕進的方式，讀書人需要遠離自己的家鄉，到異地或京師去廣交權貴，攀附豪門，此處在城外的士子也許正從他鄉而來，進城之前所見到的是又高又長的城牆，站在城外的他，內心的感受是城裏城外是兩個不同的世界，城內的繁華和城外孤獨悲

〔註 6〕沈師秋雄於民國91年師大暑期教學碩士班中國文學史專題研究課程中所提出。

涼的氣氛形成一種強烈的對比。秋風一吹，使得城外這個孤單的讀書
人更籠罩在蕭條空曠的秋氣之中，被無情萋綠的秋草襯的更加單薄憔
悴。面對高大的城門，士子的內心開始掙扎，迴旋的秋風更讓他感到
季節的更替，光陰的消逝，和人生的短暫。「晨風」一句化用《詩經‧
秦風、晨風》之意，毛詩序說〈晨風〉是諷刺秦康公不能繼承秦穆公
的功業和不能任用賢臣的詩，其中有「未見君子，憂心欽欽」之句，
人們懷念秦穆公時代，君子指的就是秦穆公那樣賢明的君主。「晨風懷
苦心」，就多少有感慨自己未能生於賢明之世。「蟋蟀」一句則用《詩
經‧唐風、蟋蟀》：「蟋蟀在堂，歲聿其莫。今我不樂，日月其除。」
之意，言秋近歲末，若不即時行樂，韶光將逝。此處「蟋蟀傷侷促」
也還有生命短暫，何不即時行樂的意味，和〈生年不滿百〉一首所說
的「生年不滿百，常懷千歲憂。晝短苦夜長，何不秉燭遊」一樣的情
懷。既然不能生於盛明之世，權貴仕族集團又是如此高不可攀，人生
短暫，何苦給自己束縛和限制，而不敢去做自己想做的事？於是詩人
選擇放開情志去追求自己的目標，他的目標是什麼呢？是一個美麗高
貴的女子，「燕趙」是泛指，美女是象徵，從外表、服飾、到居所、才
藝，無不顯示女子的高貴和品德之美，歌聲之悲又透露出她的情意，
琴絃之急又讓識曲者感受到她內心的激昂。面對這一品德高貴的女
子，整斂衣裳是在心理產生一種尊敬和嚴肅的態度，隱含著自我操守
的堅持和對對方的珍惜，同時在內心也有了美好的期望，一則願與她
比翼雙飛，一則願永遠陪伴著她。前面我們說美女是象徵，正像是〈迴
車駕言邁〉中所說的「榮名以為寶」一樣，對漢末文人而言，處在紛
亂不安定的時代，理想不能實現，在現實中失意時往往會有比較消極
的想法，不管是飲酒作樂、追求美女，或是求仙道，甚至是託之於名，
都是一種失志而不得已的表現。所以沈氏在評〈迴車駕言邁〉時說：

> 不得已而託身後之名，與託之遊仙、飲酒者同意。

所謂「與託之遊仙、飲酒同意」指的是〈驅車上東門〉，這幾首所表
現的主題，都是困頓失意，又感年歲不待，轉而勸人即時行樂，他們

其實都是可悲可憫的，人在失意時誰不曾有過消極悲觀的想法？而這些詩人將這種消極的想法毫不掩飾的表現在詩中，更可見其坦率眞誠，沈氏正是體會其中滋味，故以「不得已」評之，更可見其評詩之溫柔敦厚處。

筆者爲了說明方便而將《古詩十九首》的主題爲三類來看，其實在十九首中，很多都是結合了二或三個主題在一首詩中，這些主題也都是當時社會的反映，文人們一方面用《詩經》、《楚辭》傳統精神和技巧，另一方面也吸取樂府民歌中敘事的手法，使得五言詩的發展更趨於成熟，尤其在內容風格上如沈氏所評「清和平遠」，其內涵和表現手法都可以說是繼承了國風傳統，且作爲後代五言詩之效法典範、準則。

（三）其他古詩

除了《古詩十九首》外，沈氏所選的其他古詩，在主題上大多以反映社會現實爲主，如通過一個棄婦與前夫的對話，揭示出漢代婦女在家庭與社會中地位低下的〈上山採蘼蕪〉，或是從一個終身服役，退伍歸家老兵的淒慘情境中，訴戰爭殘酷的〈十五從軍征〉，也有借物抒發盛年易逝、人情冷暖的〈新樹蘭蕙葩〉及以橘自比希望能被進用的〈橘柚垂華實〉，亦有以抒發離後追憶爲主題的〈步出東門行〉等等。此以〈橘秀垂華實〉一首來看沈氏的評論：

> 橘柚垂華實，乃在深山側。聞君好我甘，竊獨自雕飾。委身玉盤中，歷年冀見食。芳菲不相投，青黃忽改色。人倘欲我知，因君爲羽翼。

沈氏評曰：

> 區區之誠，冀達高遠。通首託物起興，不露正意，彌見其高。

詩人借橘爲比，來描寫自己的際遇和心願。早期屈原也曾以〈橘頌〉來表現自己獨立高潔的品格，而這首詩的寫法應是受到屈原的啓發，但在立意上卻有所不同。詩人以華實累累的橘柚，卻處在無人知曉的深山，

暗示著自己有美質與才華卻未受人賞識，而當出現了知他才識的人，他就急不可待的要展現自己的能力，從不為人知到為人知，是他命運的一大轉折。就在他迫切冀望光彩即將被發現之際，隨著時間的流逝，主人的冷淡使他的願望終究落空。縱使如此，他仍未放棄最後的希望，不斷的呼喊、懇求，從他委婉的用語，更可見其心中的委屈與痛苦。這首詩應是出身低微的士人所作，處於漢代吏治腐敗，察舉不當的環境下，士人委身於權貴門下，冀望受到引薦，卻遲遲不見動靜，內心焦灼、盼望，便作此詩以期能打動權貴者。雖是內心期盼，卻能用寄託、比興的方法，委婉含蓄表達，正是沈氏在評詩時所特別注重的。

又如沈氏所選蔡琰五言體的〈悲憤詩〉，則真實而生動的描寫漢末動亂和人民生活的苦難，它可說是我國詩史上第一首自傳體五言長篇敘事詩。蔡琰是蔡邕的女兒，獻帝興平年間，天下喪亂，文姬被胡騎所獲，沒於匈奴左賢王，在胡中十二年，生下二子後來被曹操迎回。她感傷辭離，作〈悲憤詩〉二章，一為五言體，另一首則以騷體寫成，而五一首的藝術感就遠超過騷體，也多為歷代詩家所選。其詩及沈氏之評如下：

蔡琰〈悲憤詩〉

漢季失權柄，董卓亂天常。志欲圖篡弒，先害諸賢良。逼迫遷舊邦，擁主以自強。海內興義師，欲共討不祥。卓眾來東下，金甲耀日光。平土人脆弱，來兵皆胡羌。獵野圍城邑，所向悉破亡。斬截無孑遺，尸骸相掌拒。馬邊懸男頭，馬後載婦女。長驅西入關，迥路險且阻。還顧邈冥冥，肝脾為爛腐。所略有萬計，不得令屯聚。或有骨肉俱，欲言不敢語。失意幾微間，輒言斃降虜。要當以亭刃，我曹不活汝。豈敢惜性命，不堪其詈罵。或便加棰杖，毒痛參並下。旦則號泣行，夜則悲吟坐。欲死不能得，欲生無一可。彼蒼者何辜，乃遭此厄禍！邊荒與華異，人俗少理義。處所多霜雪，胡風春夏起。翩翩吹我衣，肅肅入我耳。感時念父母，哀嘆無窮已。有客從外來，聞之常歡喜。迎問其消息，輒復非鄉里。邂逅徼時願，骨肉來迎己。己得自

解免，當復棄兒子。天屬綴人心，念別無會期。存亡永乖隔，不忍與之辭。兒前抱我頸，問母欲何之？人言母當去，豈復有還時？阿母常仁惻，念何更不慈？我尚未成人，奈何不顧思？見此崩五內，恍惚生狂痴。號泣手撫摩，當發復回疑。兼有同時輩，相送告別離。慕我獨得歸，哀叫聲摧裂。馬為立踟躕，車為不轉轍。觀者皆噓唏，行路亦嗚咽。去去割情戀，遄征日遐邁。悠悠三千里，何時復交會？念我出腹子，胸臆為摧敗。既至家人盡，又復無中外。城郭為山林，庭宇生荊艾。白骨不知誰，縱橫莫覆蓋。出門無人聲，豺狼號且吠。煢煢對孤景，怛吒糜肝肺。登高遠眺望，魂神忽飛逝。奄若壽命盡，旁人相寬大。為復彊視息，雖生何聊賴？託命於新人，竭心自勗勵。流離成鄙賤，常恐復捐廢。人生幾何時？懷憂終年歲！

沈氏針對其內容風格評曰：

激昂酸楚，讀去如「驚蓬坐振，沙礫自飛」，在東漢人中力量最大。使人忘其失節而只覺其可憐，由情真亦由情深也。

全詩可分三大段，前四十句為第一部分，從當時董卓之亂的歷史背景寫起，「斬截無孑遺」八句寫盡了當時這場浩劫的慘狀，「載婦女」三字又暗示著自己被胡人擄走的遭遇，其中悲憤之極，呼天而無已。第二部分則從「邊荒與華異」以下四十句，主要在描寫邊地思親和遣歸時母子相離之悲。尤其是別子一段，感情真摯深婉，最為動人。第三部分「去去割戀情」以下二十八句，敘述歸途及歸後情形，其中「出門無人聲，豺狼號且吠」更是把戰後的荒涼寫的如在眼前。而詩人再回到中原受百般煎熬之下已失去活著的意義，而以「人生幾何時？懷憂終年歲！」說明自己悲劇生涯已無法解脫，悲憤之情也無窮無盡。

詩中寫了「漢季失權柄，董卓亂天常」以來，人民遭受的苦難，軍閥犯下的罪惡。如她寫董卓兵：「來兵皆胡羌，獵野圍城邑，所向悉破亡，斬截無孑遺，屍骸相撐拒，馬邊懸人頭，馬後載婦女，長驅西入關，所略有萬計」；寫從南匈奴歸來：「既至家人盡，又復無中外，

城廓爲山林，庭宇生荊艾，白骨不知誰，從橫莫覆蓋，出門無人聲，豹狼號且吠；煢煢對孤景，怛吒糜肝肺。」；其中最爲悲痛者乃是集中突出別子的場面，那種進退兩難的矛盾心情，非親身經歷者難以道出，《禮記・樂記》說：「情深而文明。」所以沈氏說〈悲憤詩〉最能感人正在於它出自作者的眞情及深情，沈氏評詩非常重視詩歌要出自詩人性情之眞，如他在《說詩晬語・卷上》中就說：「詩貴性情」，又說：「以無情之語而欲動人之情，難矣」，從他評蔡琰〈悲憤詩〉側重於蔡詩中感人力量在於作者之眞情與深情，則知沈氏論詩重於詩人性情之眞，是繼承儒家論詩強調詩歌「抒情言志」的傳統。

二、樂府詩

　　沈氏在例言中認爲漢代樂府詩在措詞敘事上有其特色，樂府詩中亦有內容體裁上的區別，故以《詩經》風、雅、頌之分類，套用至樂府，如他說〈安世房中歌〉就接近《詩經》中的雅，而武帝時的〈郊祀歌〉就接近《詩經》中的頌，而採自民間歌謠的〈陌上桑〉、〈羽林郎〉、〈廬江小吏妻〉等就接近《詩經》中的國風，以下分別來看這三種類型的樂府詩其主題及沈氏之評語。

（一）安世房中歌

　　《漢書・禮樂志》：「漢房中祠樂，高祖唐山夫人所作也。周有房中樂，至秦改名爲〈壽人〉。凡樂樂其所生，禮不忘其本，高祖樂楚聲，故房中樂，楚聲也。孝惠二年，使樂府令夏侯寬備其簫管，更名安世樂。」唐山夫人是漢高祖的妃子，她的事跡不詳，僅知唐山爲其姓。根據《通典》說法，周朝的房中樂一般是歌頌后妃之德，原有兩種，一是用在祭祀娛神，一則用於宴賓娛人，到秦始皇二十六年以後改名爲〈壽人〉。漢高祖時，因高祖爲楚人而樂楚聲，此歌則不專用於祭祀，也用在四時賓燕，因爲兼燕、祠二義，所以沿襲周朝之名而稱「房中祠樂」，房中樂是其簡稱。到孝惠帝時，這首歌或許已只專用於祭祀，所以已失去房中之名，　又孝惠帝讓樂府官夏侯寬配上簫

管、絲竹合奏，和之前祭祀用鍾磬，燕樂用弦樂不同，所以更名為安
世樂，班固則兼取之而題名為「安世房中樂」。〔註7〕沈氏總評曰：

> 郊廟歌近頌，房中歌近雅，古奧中帶和平之樂，不膚不庸，
> 有典有則，是西京極大文字。

又說：

> 首言大孝備矣，以下反反覆覆，屢稱孝德，漢朝數百年家
> 法自此開出，累代廟號，首冠以孝，有以也。

沈氏認為〈房中歌〉在內容上以「孝道」為主，在第一章即開宗明義
揭示其主旨，以下如「大矣孝熙，四極爰臻」、「清明鬯矣，皇帝孝德」、
「孝道隨世，我署文章」等等，孝道為儒家中心思想，在漢初黃老盛
行之時，唐山夫人倡孝德，對漢朝立國及世代都有極大影響；另外，
在形式方面，十七章中大多為四言體，亦有三言和七言混合出現一章
者，顯示出在句法上漢初一方面繼承了周朝詩歌，另一方面又在繼承
中有發展與變化，而在用字方面，「疊字」則用很多，如「粥粥」、「呦
呦」、「冥冥」、「申申」、「蕩蕩」、「愉愉」等等，尤其是狀聲詞運用豐
富，沈氏認為「『粥粥』二語，寫樂音深靜，可補《樂記》所缺。」
由於《樂記》已經亡失其音調，唐山夫人摹寫音調的深靜，沈氏認為
正可以補足《樂記》所缺失之處。而其他像在辭藻華麗及其內容風格
方面可以看出是承襲了《楚辭‧九歌》與《詩經‧周頌》。〔註8〕

（二）郊祀歌

郭茂倩《樂府詩集》說：「郊樂者，《易》所謂先王以作樂崇德，
殷薦上帝也。」郊廟樂歌通常用來祭祀天地神祇，漢武帝即位時，曾
作十九章，《漢書‧禮樂志》說：「武帝定郊祀之禮，以李延年為協律
都尉，多舉司馬相如數十人造為詩賦，作十九章之歌。」，就作者而

〔註7〕參見蕭滌非《漢魏六朝樂府文學史》，北京：人民文學出版社，1998
年，頁35。
〔註8〕參見亓師婷婷《兩漢樂府研究》，台北市：學海書局，民國69年3
月，頁166。

言，相對於〈安世房中歌〉成於唐山夫人一人之手，郊祀歌爲多人所作，非一人所作。就時代而言，根據《漢書》的記載，以〈朝隴首〉最早，作於元狩元年（西元前一二二年），〈象載瑜〉最晚，做於太始三年（西元前九十四年），相距二十八年，所以就十九章而言，也非一時之作。〈郊祀歌〉篇幅與體裁都較〈房中歌〉闊大與複雜，在句法上，尤其是七言句用得較多，其乃受《楚辭》影響甚大，沈氏於十九章中選取七章如下：

〈練時日〉
練時日，侯有望，熿膋蕭，延四方。九重開，靈之斿，垂惠恩，鴻祜休。靈之車，結玄雲，駕飛龍，羽旄紛。靈之下，若風馬，左倉龍，右白虎。靈之來，神哉沛，先以雨，般裔裔。靈之至，慶陰陰，相放怫，震澹心。靈已坐，五音飭，虞至旦，承靈億。牲繭栗，粢盛香，尊桂酒，賓八鄉。靈安留，吟青黃，遍觀此，眺瑤堂。眾嫭並，綽奇麗，顏如荼，兆逐靡。被華文，廁霧縠，曳阿錫，佩珠玉。俠嘉夜，芎蘭芳，澹容與，獻嘉觴。

〈青陽〉
青陽開動，根荄以遂，膏潤並愛，跂行畢逮。霆聲發榮，壧處頃聽，枯槁復產，迺成厥命。眾庶熙熙，施及夭胎，群生啿啿，惟春之祺。

〈朱明〉
朱明盛長，敷與萬物，桐生茂豫，靡有所詘。敷華就實，既阜既昌，登成甫田，百鬼迪嘗。廣大建祀，肅雝不忘，神若宥之，傳世無疆。

〈西顥〉
西顥沆碭，秋氣肅殺，含秀垂穎，續舊不廢。姦偽不萌，妖孽伏息，隅辟越遠，四貉咸服。既畏茲威，惟慕純德，附而不驕，正心翊翊。

〈玄冥〉

玄冥陵陰，蟄蟲蓋藏，草木零落，抵冬降霜。易亂除邪，
革正異俗，兆民反本，抱素懷樸。條理信義，望禮五嶽。
籍斂之時，掩收嘉穀。

〈惟泰元〉

惟泰元尊，媼神蕃釐，經緯天地，作成四時。精建日月，
星辰度理，陰陽五行，周而復始。雲風雷電，降甘露雨，
百姓蕃滋，咸循厥緒。繼統恭勤，順皇之德，鸞路龍鱗，
罔不肸飾。嘉薦列陳，庶幾宴享，滅除凶災，烈騰八荒。
鐘鼓竽笙，雲舞翔翔，招搖靈旗，九夷賓將。

〈天馬〉

太一況，天馬下，霑赤汗，沫流赭。志俶儻，精權奇，籋
浮雲，晻上馳。體容與，迣萬里，今安匹，龍為友。
天馬徠，從西極，涉流沙，九夷服。天馬徠，出泉水，虎
脊兩，化若鬼。
天馬徠，歷無草，徑千里，循東道。天馬徠，執徐時，將
搖舉，誰與期？
天馬徠，開遠門，竦予身，逝昆侖。天馬徠，龍之媒，游
閶闔，觀玉臺。

〈郊祀〉雖多陳樂舞聲歌之盛，文字亦古奧難懂，然其中亦不乏飛揚
靈動之篇，如〈練時日〉下沈氏評曰：

古色奇響，幽氣靈光，奕奕紙上，屈子〈九歌〉後另開面
目。

又說：

「靈之斿」以下鋪排六段而變化錯綜，不板不實，備極飛
揚生動。
「眾嫭」四句寫美人之多，穠麗中則，〈招魂〉之遺也。

沈氏認為這首〈練時日〉不僅在章法上能運用排比加以變化錯綜，在
內容風格上，也充滿祭祀樂歌神靈奇響，鋪張華麗特色；尤其是寫美

人眾多之處，更是承襲屈原〈招魂〉而來，顯得色彩豐麗，卻又能合於矩度。另外，像寫四時的〈青陽〉、〈朱明〉、〈西顥〉、〈玄冥〉亦能概括眾多意象，不管是天氣或是當季之動植物，顯得十分豐富。因此沈氏說：

> 四章分祭四時之神，天氣時物，無不畢達，直是胸有造化。

〈郊祀歌〉一般雖被認爲在文學上無多大價值，而沈氏在編選過程中，亦不廢其價值，因它一方面繼承《詩經》頌體形式和內容，另一方面也承襲了《楚辭》在句型和詞彙的豐富變化，它和〈安世房中歌〉一樣，在漢初詩歌發展中屬於朝廷的祭祀文學，對於後代七言詩歌發展有很大的影響，沈氏重視詩歌發展內涵，由此又可略見一二。

　　此外，屬於西漢樂府者，尚有〈鐃歌十八曲〉，因字多訛誤錯落，所以沈氏僅選能誦讀者四章。〈鐃歌十八曲〉本爲「建威揚德，勸士諷敵」的軍樂，但現在流傳的〈鐃歌十八曲〉，內容龐雜，有敘戰爭、紀祥瑞、表武功、寫愛情者，沈氏所選的四首，其主題就包含戰爭、愛情，而以愛情爲主題有兩首，其中一首〈有所思〉，沈氏以君臣關係視之，其詩及評如下：

> 有所思，乃在大海南。何用問遺君，雙珠玳瑁簪，用玉紹繚之。聞君有他心，拉雜摧燒之。摧燒之，當風揚其灰。從今以往，勿復相思。相思，與君絕。雞鳴狗吠，兄嫂當知之。妃呼豨！秋風肅肅晨風颸，東方須臾高知之。

沈氏評曰：

> 怨而怒矣，然怒之切，正望之深，末段餘情無盡。此亦人臣思君而託言者也。

〈上邪〉和〈有所思〉這兩首情歌，既不表現征伐，也不適合用在朝會道路，卻歸於鼓吹曲中，一些清代學者即主張這兩首詩都是臣子表示對國君忠心的表白和陳情，如陳沆的《詩比興箋》評〈上邪〉：「此忠臣被讒自誓之詞歟，抑烈士久要之歟」，〔註9〕評〈有所思〉說：「藩

〔註9〕參見陳沆《詩比興箋》，台北市：廣文書局，民國59年10月初版，

國之臣不遇而去，自怨幽憤之詞」；〔註10〕王先謙《漢鐃歌釋文箋正》評〈上邪〉時也說是歌者不被君王重用，而終不忍絕。他們認為既然是以人臣之意託於怨婦之思，所以就理所當然將之歸為忠於君之鼓吹曲。雖然沈氏只有在〈有所思〉一首明言是「人臣思君而託言者」，而沈氏所選的四章，其他二首之主題也是戰爭和忠君望主，足見沈氏基本上對這兩首情詩的界定還是放在以人臣思君的角度上說。這固然和沈氏以詩教內涵選詩編詩有關，另一方面，這也是我國詩學批評一向對於主客體不明確的相思閨怨主題趨向社會性批評的影響。那種相思不得的怨恚與君臣不合的鬱憤，在本質上就有相合之處，形成愛情相思之欲求與事業功名企望的同構型態，其同源自於生理和心裡的熱切渴望，使創作主體常在有意無意間用相思企盼表達生命個體對所處的環境之進取欲求，所以這種相思閨怨的主題，在一定程度上建構了中國文學欣賞主題的接受心理，批評者因而習慣將愛情作品沿「美刺比興」的方向詮釋解讀，加強了古典詩學社會性批評的趨向，進一步又促進後代以相思寄託的創作傾向，創作又反饋、強化了這種批評模式。〔註11〕從沈氏對於〈有所思〉和其他類似主題的評論，基本上就呈現了偏執於社會性闡釋而漠視相思之作原型意味及其內在系統的評論取向，也是近人常批評沈氏之處。

（三）民間和文人樂府

相較於漢初的貴族樂府，從漢武帝設立專門採詩的機構起到東漢中葉，可說是民間樂府蓬勃發展的時期，而從東漢中葉到建安，可說是文人樂府興盛的時期。沈氏在選錄漢代樂府時，將文人樂府列於前，作者不詳的民間樂府列於後，以下綜合來看這些樂府詩的題材和主題，及沈氏的評論呈現出什麼特色。

頁 38。
〔註10〕同上註。
〔註11〕參見王立《中國古代文學十大主題——原型與流變》，台北市：文史哲出版社，民國 83 年，頁 75。

　　《漢書・藝文志》:「自漢武帝立樂府而採歌謠,於是有趙、代之
謳,秦、楚之風,皆感於哀樂,緣事而發。亦足以觀風俗,知厚薄云。」
根據班固的說法,兩漢民間樂府來自於武帝設立官府採詩,這些民間
「感於哀樂,緣事而發」的詩歌,對於政治上能起諷喻時事、觀風俗、
知得失的作用。而漢代文人也從樂府民歌中吸收敘事等內涵和技巧,
沈氏在處理漢代樂府詩時,並不明顯區分西漢和東漢,但在編排上,
將文人樂府列於郊祀歌和不知作者的民間樂府之前,筆者統合兩漢民
間和文人樂府來看,因其皆反映了漢代人民的現實生活,所以在主題
上呈現多樣化,有一般生活情形、愛情、社會現實、遊子思鄉、遊仙
和勸世說理等等的主題。茲就沈氏所選,列表如下:

主　題	代　　表　　作
一般生活	〈江南〉、〈雞鳴〉、〈隴西行〉、〈薤露〉、〈蒿里〉等
愛　　情	〈箜篌引〉、〈陌上桑〉、卓文君〈白頭吟〉、班婕妤〈怨歌行〉、蔡邕〈飲馬長城窟行〉、辛延年〈羽林郎〉、〈古詩為焦仲卿妻作〉等。
社會現實	〈孤兒行〉、〈東門行〉、〈相逢行〉等
遊子思鄉	〈豔歌行〉、〈悲歌〉、〈古八變歌〉、〈古歌〉等
遊　　仙	〈善哉行〉、〈淮南王篇〉
勸世說理	〈長歌行〉、〈君子行〉、〈猛虎行〉、宋子侯〈董嬌嬈〉等
詠　　史	〈梁甫吟〉
宴　　樂	〈西門行〉

　　這些題材呈現出漢代社會現況和人民的情感,沈氏在評詩時,一
方面注重樂府詩歌的表現手法,另一方面也注重詩歌所呈現的社會意
義,筆者從不同的主題中,以幾首為例來觀察沈氏選擇的詩歌及其評語。
　　以漢代人民一般生活為主題的詩歌,像描寫江南採蓮情趣的〈江
南〉、寫富貴權勢之家生活情形的〈雞鳴〉,還有送葬時的喪歌〈薤露〉、
〈蒿里〉和描寫賢淑婦女待客合宜的〈隴西行〉,以下則以〈隴西行〉
為例:

天上何所有，歷歷種白榆。桂樹夾道生，青龍對道隅。鳳
凰鳴啾啾，一母將九雛。顧視世間人，爲樂甚獨殊。好婦
出迎客，顏色正敷愉。伸腰再拜跪，問客平安不。請客北
堂上，坐客氈氍毹。清白各異樽，酒上玉華疏。酌酒持與
客，客言主人持。卻略再拜跪，然後持一杯。談笑未及竟，
左顧敕中廚。促令辦粗飯，慎莫使稽留。廢禮送客出，盈
盈府中趨。送客亦不遠，足不過門樞。取婦得如此，齊姜
亦不如。健婦持門戶，亦勝一丈夫。

沈氏評曰：

> 起八句若不相屬，古詩往往有之，不必曲爲之說。「卻略」
> 奉觴在手，退而行禮，故稍卻也，寫得婉媚。通體極贊中，
> 自有諷意。

〈隴西行〉在《樂府詩集》卷三十七相和歌辭瑟調曲中說：「一曰〈步
出夏門行〉，《樂府解題》曰：古辭曰『天上何所有？歷歷種白榆。』
始言婦有容色，能應門承賓。次言善於主饋，終言送迎有禮。此篇出
諸集，不入樂志。」〔註12〕秦時設有隴西郡，以居隴坻之西爲名，因
地近羌胡，所以常修習戰備，善鞍馬射騎，歌謠詞多慷慨，詩中所表
現的女性，也具有豪健大方的氣度。詩歌起首的八句，似從另一首〈步
出廈門行〉的結尾拼湊而來，但從整首詩歌內容上來看，這首詩可分
爲三個層次，第一個層次即前八句，詩人欲用白榆、桂樹的成雙成對、
青龍、鳳凰的兄弟、母子的和樂來反襯出此隴西婦女的孤單，更顯示
出她獨當門戶的難得可貴，這八句可以說是和樂府民歌中常見的起興
手法，所以沈氏說「起八句若不相屬，古詩往往有之，不必曲爲之說」。
第二層次則著重描寫這名婦女迎客、待客到送客的情形，尤其是待客
時，既熱情招待又能把持分寸，在客人敬酒時，她既不拒絕也不表現
過份招呼，問後稍微退一步，飲上一杯，處理得十分得體，稍卻行禮
中包含著端莊而敬重的態度，在指揮廚房的神色中，又可見其果斷和
精練，在當時的社會背景下，對一個獨當一面的女子，既要放下衿持

〔註12〕郭茂倩《樂府詩集》，台北市：里仁書局，頁542。

熱情待客，又不能違背當時社會對女子舉止的要求，這個既熱情又有
節制懂得拿捏分寸的「好婦」，應是經過多少歷練才能顯現出這種精
明幹練。「廢禮」以下寫送客，在保守的民風中，其實是不容許一個
女子單獨送客，但在家中無男子情形下，她既不得不送卻又送得如此
得體，讓詩歌的作者在最後也忍不住要誇獎她，說她甚至超越了齊
姜，透過對她的讚美，呈現出作者認為這位「好婦」不但超越了古代
傑出能幹的女子，甚至也勝過了當時的男子。至於沈氏所說的「諷
意」，我認為他是針對當時社會「男尊女卑」的觀念下，女子在獨立
生活時，仍能在待客之中不逾矩，即使違背當時的禮俗，卻要表現得
從容中度，落落大方，固然，一方面與當地是為經商要地，北方婦女
相較於傳統柔弱女子形象，是要精明幹練多了，但另一方面，這個「好
婦」所表現出來的風度，連男子都要自愧不如了。這種詩歌的表現手
法，藉著對「好婦」的歌頌，委婉的達到一種諷諫或是社會教化的效
果也是沈氏所重視的。

　　其次，在以愛情為主題者，有表現堅貞愛情的〈箜篌引〉、〈古詩
為焦仲卿妻作〉，亦有表現愛情褪色的像卓文君〈白頭吟〉、班婕妤〈怨
歌行〉，也有描寫不慕虛榮而勇於拒絕地方官追求的〈陌上桑〉和辛
延年〈羽林郎〉，以及表現閨中思情的，如蔡邕的〈飲馬長城窟行〉。
〈箜篌引〉的創作背景前面已經介紹過了，沈氏評曰：「纏綿悽惻」，
白首狂夫在亂流中渡河，妻子制止不及而跟隨著他一起溺斃，詩歌用
短短的十六個字，反覆詠歎抒發出妻子殉情前的悲傷，這正是樂府民
歌感人之處。同樣的表現悲傷殉情故事的〈古詩為焦仲卿妻作〉也在
反覆詠歎、迴翔曲折中，讓人同情在封建社會下這一對悲情的夫妻。
沈氏評曰：

> 共一千七百八十五字，古今第一首長詩也。淋淋漓漓、反
> 反覆覆，雜述十數人口中語，而各肖其聲音面目，豈非化
> 工之筆。長篇詩若平平敘去恐無色澤，中間需點染華縟、
> 五色陸離，使讀者心目俱炫，如篇中「新婦出門時，妾有

繡羅襦」一段、「太守擇日後，青雀白鵠舫」一段是也。作
詩貴剪裁，入手若敘兩家家世。末段若敘兩家如何悲慟，
豈不冗漫拖沓，故竟以一二語了之，極長詩中具有剪裁也。
別小姑一段，悲愴之中，復極溫厚，風人之旨，故應爾耳，
唐人作〈棄婦篇〉，直用其語，云「憶我初來時，小姑始扶
床，今別小姑去，小姑如我長」，下忽接二語云，「回頭語
小姑，莫嫁如兄夫」，輕薄無餘味矣，故君子立言有則。「否
泰如天地」一語，小人但慕富貴，不顧禮義，實有此口吻。
薄葦磐石，即以新婦語誚之，樂府中每多此種章法。

從沈氏之評，可以歸納出幾點：第一、這是我國古代詩歌中最早出現
最長的一首敘事詩；第二、詩中通過人物對話塑造了鮮明的人物形
象，除了劉蘭芝對焦仲卿、焦母、小姑、自己的哥哥、母親講話的語
氣和態度各不相同，焦仲卿在各種不同場合的話語，也顯示出他忠於
愛情、明辨是非卻又軟弱的性格，文中人物多達數十人，作者一一構
思他們的聲音面貌，可說達到很高的境界。第三、在長詩的寫作上，
要注意其跌宕起伏，尤其在樂府詩中，華麗的鋪陳往往使詩歌增加情
韻，像作者在寫蘭芝辭歸時用大量筆墨寫她美麗形態、華麗裝飾，以
及告別時不卑不亢、神色從容的舉止儀態，更襯托出她比東鄰女有美
麗的外表和高尚的心靈。另外，在描寫太守迎娶前籌辦婚禮的周延和
納聘豪華的排場也用了華麗鋪陳的方式，來襯托出蘭芝內心的痛苦、
孤獨和悲哀。第四、在劉蘭芝與焦母的衝突中，作者將劉蘭芝塑造成
一個遵守傳統女教的角色，她勤於女工，又能誦詩書、彈箜篌，對婆
婆尊敬，對丈夫愛情專一，對小姑友愛，然而在這場衝突中，焦母的
權威使她無法在焦家去成就她對於傳統女性道德人格理想的追求，焦
母的堅持迫使她不得不離開焦家，但她沒有怨言，從她對小姑的一番
話，更突顯出她溫柔敦厚的一面，不出激烈憤恨之語，正反而讓讀者
對這一個堅強而溫柔的女性，充滿著無限的同情。第五、關於章法、
剪裁的問題，前面已作討論，於此不再贅言。從沈氏評這首詩時，可
以看到，在面對愛情與現實衝突的題材上，沈氏仍然強調詩歌即使在

表現社會現實或人性衝突時，詩歌中人物的形象及性格，足以影響人格的塑造與教化，所以溫柔敦厚才是詩歌教化人們最高的準則。

　　此外，在反映東漢社會豪門貴族利用權勢掠奪婦女的題材上，〈陌上桑〉和辛延年〈羽林郎〉中所描寫的女子就顯得相當有勇氣與智慧。沈氏舉這兩首樂府民歌為例，去區分出樂府和古詩不同之處，同時也特別強調它們繼承國風的精神，在內容主題上具有純正的思想。〈陌上桑〉和辛延年〈羽林郎〉原詩及沈氏之評如下：

〈陌上桑〉

日出東南隅，照我秦氏樓。秦氏有好女，自名為羅敷。羅敷喜蠶桑，採桑城南隅。青絲為籠係，桂枝為籠鉤。頭上倭墮髻，耳中明月珠。緗綺為下裙，紫綺為上襦。行者見羅敷，下擔捋髭鬚；少年見羅敷，脫帽著帩頭。耕者忘其犁，鋤者忘其鋤。來歸相怨怒，但坐觀羅敷。使君從南來，五馬立踟躕。使君遣吏往，問是誰家姝？秦氏有好女，自名為羅敷。羅敷年幾何？二十尚不足，十五頗有餘。使君謝羅敷：寧可共載不？羅敷前置辭：使君一何愚！使君自有婦，羅敷自有夫。東方千餘騎，夫婿居上頭。何用識夫婿，白馬從驪駒。青絲繫馬尾，黃金絡馬頭。腰中鹿盧劍，可直千萬餘。十五府小史，二十朝大夫。三十侍中郎，四十專城居。為人潔白晳，鬑鬑頗有鬚。盈盈公府步，冉冉府中趨。坐中數千人，皆言夫婿殊。

〈羽林郎〉

昔有霍家姝，姓馮名子都。依倚將軍勢，調笑酒家胡。胡姬年十五，春日獨當壚。長裾連理帶，廣袖合歡襦。頭上藍田玉，耳後大秦珠。兩鬟何窈窕，一世良所無。一鬟五百萬，兩鬟千萬餘。不意金吾子，娉婷過我廬。銀鞍何煜爚，翠蓋空踟躕。就我求清酒，絲繩提玉壺。就我求珍肴，金盤膾鯉魚。貽我青銅鏡，結我紅羅裾。不惜紅羅裂，何論輕賤軀。男兒愛後婦，女子重前夫。人生有新故，貴賤不相逾。多謝金吾子，私愛徒區區。

沈氏評〈陌上桑〉曰：

> 鋪陳穠至，與辛延年〈羽林郎〉一副筆墨，此樂府體別於
> 古詩者在此。……「謝使君」四語大義凜然。末段盛稱夫
> 婿，若有章法若無章法，是古人入神處。

沈氏評〈羽林郎〉曰：

> 駢麗之詞，歸宿卻極貞正，風之變而不失其正者也。

沈氏在評這兩首詩時特別著重於樂府與古詩的區別，樂府善於運用鋪
陳誇張等手法，來描寫女子的美貌及裝扮，進而烘托出女子高貴的人
格。尤其是她們在面對大官及豪強的輕薄時，表現出一種機智和不卑
不亢的風度。另外，這兩首詩同時也反映了東漢的社會現況，當時官
僚及豪奴常依仗權勢為所欲為，如《後漢書・梁冀傳》就記載了大將
軍梁冀的家奴經常「乘勢橫暴，妻略婦女」，《後漢書・單超傳》甚至
指出連宦官都「多娶良人美女，以為妻妾」，可見這兩首詩的作者在
這樣的背景下，多少有藉這樣的故事來諷刺或抨擊東漢的官僚和權貴
階層，其社會意義是相當深刻的，而這兩個女子堅定而勇敢又機智，
以意嚴而詞婉、柔中帶剛的態度拒絕強勢的欺凌，她們高尚的人格正
足以使後人景仰，同時詩歌所表現的精神，也繼承了國風的傳統，在
變化中而得其正。可見沈氏在評樂府詩時，注重其繼承《詩經・國風》
中所表現合乎人倫情感的部分。

　　在其他主題方面，沈氏對於真實且深刻能夠反映當時下層人民生
活的題材也特別重視，像以表現孤兒辛酸的〈孤兒行〉，沈氏說：「極
瑣碎、極古奧，斷續無端，起落無跡，淚痕血點，結綴而成，樂府中
有此一種筆墨。」又如以城市人民貧苦生活為主題的〈東門行〉，〈東
門行〉原本的結尾，是為貧困逼迫而走投無路的男子，欲拔劍而出，
發出絕望中掙扎反抗的感慨：「今非，咄！行！吾去為遲，白髮時下
難久居」，但根據《宋書・樂志》記載，這首歌結尾的部分被統治者
削去，改為「今時清廉，難犯教言，君復自愛莫為非。行！吾去為遲，
平慎行，望吾歸。」沈氏《古詩源》中採用了這個版本，並評曰：

> 始勸其安貧賤，繼恐其觸法網，鋪糜之婦，豈在詠〈雄雉〉
> 者下哉……疊說一過，丁寧反覆之意，末二句進以謀身涉
> 世之道也。

當詩中的男主人欲拔劍而出，妻子從兩方面勸阻他，一是不與其他人家比較，但願安於清貧；另一方面，用天道和人情央求他不要作非法之事，古辭的結尾是丈夫仍然決定要出門，從前面他既出又入的舉動中，可以推測他應是在內心掙扎後才決定要這麼做的，由於生活的艱困和剛烈的性格，使他無法忍受眼前的一切，鋌而走險。然而沈氏採用了妻子以時政清廉勸其勿為非的結尾，不難看出一方面還是為了站在統治者的立場，對於這種反抗思想的抑制；另一方面，從妻子對封建政權的頌詞和對丈夫行為的叮嚀，也符合所謂「怨而不怒」的詩教意義。然而筆者認為，漢樂府立官采詞多以「觀風俗、知得失」為目的，這種以人民由於生活貧苦而被迫走上為非之路為主題的詩歌，采詩者之所以采入，無非也是讓統治者有一種警惕，詩歌本身對於小老百姓的複雜心理和被壓迫的情況，生動的呈現，這也是漢樂府民歌藝術最大的感染力，而沈氏對於這種呈現出人民反抗精神為主題的詩歌，還是站在統治者及宣揚詩教的立場，從這首詩當中，就可以明顯看出他的立場和傾向。

第三節　魏

　　魏之詩歌，由於采詩之制已失，加上漢樂府之聲調逐漸散亡，雖多文人擬作，但已不受古題和聲調的限制，所以能各隨才性而盡其所長。沈氏於本選集中，所選魏之詩歌並未明顯區分樂府及古詩，這時期詩歌主題，不出於個人生活範圍，如《文心雕龍・樂府》篇云：「魏之三祖，氣爽才麗，宰割詞調，音靡節平，觀其〈北上〉眾引，〈秋風〉列篇，或述酣宴，或傷羈旅，志不出於淫蕩，辭不離於哀思。」雖然劉勰是針對三祖陳王的樂府而發，但實際上亦是當時文人普遍之現象。文學史上稱此時期為「建安文學」，以建安十三年為界，建安

文學可分爲前後兩期，前期的詩歌內容繼承了漢樂府的傳統，充分反映了社會動亂和民生疾苦的現實，同時也抒發人們要求建功立業的理想抱負，表現出慷慨悲涼、剛健遒勁的風格特色。「沈雄俊爽，時露霸氣」的曹操即爲建安前期的代表人物。至赤壁之戰後三國鼎立局面已成，社會相較於東漢末期安定，文人創作轉向以遊子思婦離情別緒寄託個人際遇感懷，或是「連風月、狎持苑、述恩榮、敘酣宴」的宴遊生活。建安後期詩歌已從前期著重社會表面深入到人的內心世界，這時期以曹氏兄弟及七子等人爲代表，將詩歌以往用來譏惡、美刺用於政教的目的，轉化爲內心情志的流露，同時也表現出對生命流逝的悲涼哀怨。到了魏、晉易代之際，像阮籍、嵇康即將憤世嫉俗之作和建安文人通過抒發理想情志以反映時事的作法結合，在探索人生意義的言情述懷之作中顯現出對現實強烈不滿及否定。筆者就以這三類主題分別來看沈氏之選詩及評詩的傾向。

一、曹氏父子及建安文人

（一）曹　操

　　東漢末年，天下紛亂，曹操崛起於其間，又性愛辭章，兼善音樂，所以往往藉樂府詩歌以抒發其心志情思，所作樂府共有二十一首，有四言、五言和雜言三體，而又以四言爲工。沈氏於二十一首中，選錄其四言四首，五言四首，主題多以抒發建功立業之理想壯志及反映時事、征戰軍旅爲主。四言詩有〈短歌行〉一首和〈步出夏門行〉（一曰〈碣石篇〉）三首，先看〈短歌行〉：

　　　　對酒當歌，人生幾何？譬如朝露，去日苦多。慨當以慷，
　　　　憂思難忘，何以解憂，唯有杜康。青青子衿，悠悠我心，
　　　　但爲君故，沉吟至今。呦呦鹿鳴，食野之苹。我有嘉賓，
　　　　鼓瑟吹笙。明明如月，何時可掇。憂從中來，不可斷絕。
　　　　越陌度阡，枉用相存。契闊談讌，心念舊思。月明星稀，
　　　　烏鵲南飛。繞樹三匝，何枝可依。山不厭高，海不厭深。

周公吐哺，天下歸心。

沈氏於〈短歌行〉下採用唐朝吳兢《樂府古題要解》所云：「言當及時爲樂也。」這首詩若僅是以「當及時爲樂」爲其主旨，就未能掌握到詩歌的內涵，清代張玉穀在《古詩賞析》卷八中就說：「此嘆流光易逝，欲得賢才以早建王業之詩。」陳沆也說：「此詩即漢高《大風歌》思猛士之旨也。」〔註13〕沈氏自己也於詩末說：「『月明星稀』四句，喻客子無所依托；『山不厭高』四句，言王者不卻眾庶，故能成其大也。」可見沈氏還是認爲這首詩不光只是在感嘆時光易逝，當及時行樂，詩末四句所表現的是一種欲一統天下得雄心壯志。然而沈氏卻在詩題之下加上「言當及時爲樂」的說法，又未加以說明，作爲一本引導詩歌入門者的選本，對於主旨的探究若不清楚地加以說明，讀者便不能瞭解詩歌所要表達的思想感情，也不能進一步去涵詠領略其深刻的內涵，這一點筆者不得不對沈氏提出批評。

沈氏所選曹操另外三首四言詩是從曹操以舊題〈步出夏門行〉寫實事的四章中選取第一章〈觀滄海〉、第三章〈土不同〉及第四章〈龜雖壽〉，這一組詩是曹操北征烏桓得勝歸來後所作，詩中描寫河朔一帶的風土景物，抒發了曹操的雄心壯志，反映了詩人躊躇滿志、叱吒風雲的英雄氣概。四言詩自《詩經》以後，到漢代的楚歌體已漸趨僵化，而曹操的四言詩，不但語句自然，而且氣魄雄渾，音調壯闊，所以沈氏稱讚曹操四言詩說：「曹公四言，於《三百篇》外，自開奇響。」至於五言樂府，則以寫實事的〈薤露〉、〈蒿里〉爲代表。〈薤露〉、〈蒿里〉屬於樂府相和歌中的相和曲，崔豹《古今注》說：「〈薤露〉送王貴人，〈蒿里〉送士大夫庶人，使挽柩者歌之，世呼爲挽歌。」曹操以樂府古調來寫當時情勢，〈薤露〉寫的是漢末董卓之亂的前因後果，〈蒿里〉寫漢末群雄征戰，民不聊生的感嘆。原詩如下：

〈薤露〉

惟漢二十世，所任誠不良。沐猴而冠帶，知小而謀強。猶

〔註13〕陳沆《詩比興箋》，頁89。

豫不敢斷，因狩執君王。白虹為貫日，己亦先受殃。賊臣
執國柄，殺主滅宇京。蕩覆帝基業，宗廟以燔喪。播越西
遷移，號泣而且行。瞻彼洛城郭，微子為哀傷。

〈蒿里〉

關東有義士，興兵討群凶。初期會盟津，乃心在咸陽。軍
合力不齊，躊躇而雁行。勢利使人爭。嗣還自相戕。淮南
弟稱號，刻璽於北方，鎧甲生蟣蝨，萬姓以死亡。白骨露
於野，千里無雞鳴。生民百遺一，念之斷人腸。

沈氏於〈薤露〉詩後說：「此指何進召董卓事，漢末實錄也。」，於〈蒿
里〉下說：「此指本初公路聲討董卓而不能成功也。」又說：「藉樂府寫
實事，始於曹公也。」明代的鍾惺《古詩歸》就曾說這兩首詩是：「漢
末實錄，真詩史也。」沈氏根據鍾惺的說法，並更具體地指出曹操用古
調來寫實事，可以說是開創了以古樂府寫新內容的風氣，這也是後代詩
家在評曹操樂府詩時，所經常引用者，沈氏的看法可說是十分有見地的。

（二）曹　丕

曹操的詩基本上還保留了漢代古樸質直的風格，到了文帝曹丕以
後，文壇氣象遂轉向綺麗華美，所以沈氏說：「孟德詩猶是漢音，子
桓以下，純乎魏響。」從文帝以下的建安文人集團「慷慨任氣，磊落
使才」，《文心雕龍‧時序》：「觀其時文，雅好慷慨，良由世積亂離，
風衰俗怨，並志深而筆長，故梗概而多氣也。」他們這種慷慨之氣往
往藉由遊子思婦來抒寫人生的飄零之感，或喻託個人的不幸遭遇，也
有以樂府表現邊塞、游俠的題材抒寫立功壯志的內容，加上文人們常
聚集登臨遊覽、騎射飲宴、唱和奉酬，亦多以此為題材來抒發人生感
觸。在承《古詩十九首》遊子思婦的題材上，建安詩要比漢代古詩更
豐富廣大，如曹丕的〈善哉行〉將遊子行役的淒涼和人生道路的艱困
意象相結合，抒發了人生如寄的憂思，那種無方而來的憂愁，透過曹
丕細膩而工活的筆法，使人有更深刻的感受。又如〈雜詩〉二首：

漫漫秋夜長，烈烈北風涼。展轉不能寐，披衣起彷徨。彷

徨忽已久，白露沾我裳。俯視清水波，仰看明月光。天漢
回西流，三五正縱橫。草蟲鳴何悲，孤雁獨南翔。鬱鬱多
悲思，綿綿思故鄉。願飛安得翼，欲濟河無梁。向風長歎
息，斷絕我中腸。

西北有浮雲，亭亭如車蓋。惜哉時不遇，適與飄風會。吹
我東南行，行行至吳會。吳會非我鄉，安得久留滯。棄置
勿復陳，客子常畏人。

《文選》有雜詩一類，李善注：「雜者，不拘流例，遇物即言，故云
雜也。」雜詩大多為富有興寄的遊子思婦詩，現存者以建安詩人之作
最早，曹丕這兩首詩主要是寫遊子的漂泊和思鄉。第一首承宋玉〈九
辯〉悲秋的傳統，透過秋夜悲涼，烘托出遊子濃厚愁苦的思鄉之情。
第二首則是以浮雲起興，隨風而行無力自持的浮雲，是遊子命運的寫
照，而從遊子飄零之感又隱含著人生如寄之慨。又如〈燕歌行〉二首
也是運用了完整的七言詩體，以征人之婦的口吻抒情，第一首更是歷
來傳誦的名篇：

秋風蕭瑟天氣涼，草木搖落露為霜。眾燕辭歸雁南翔，念
君客遊思斷腸。慊慊思歸戀故鄉，君何淹留寄他方？賤妾
煢煢守空房，憂來思君不敢忘，不覺淚下沾衣裳。援琴鳴
絃發清商，短歌微吟不能長。明月皎皎照我床，星漢西流
夜未央。牽牛織女遙相望，爾獨何辜限河梁？

「秋風蕭瑟天氣涼」和〈雜詩〉首章一樣化用宋玉《九辯》：「悲哉，
秋之為氣也，蕭瑟兮草木搖落而變衰。」的意境，再從景物的變化中
牽動女子對遠征未返的遊子的思念，先為遊子設想其眷戀故鄉的心
情，而帶出自己獨守空閨的愁緒。從撫琴微吟，到遙望星空，都觸發
離居的怨恨，王夫之在《船山古詩評選》中就予以高度的讚美：「傾
情、傾度、傾色、傾聲，古今無兩。」而沈氏在評曹丕這類題材之詩，
也特別著重于詩中情意的傳達，他認為曹丕善於用委婉細膩的筆法，
情感自然流露又在言外綿綿不盡，如沈氏評〈雜詩〉二首時說：「二
詩以自然為宗，言外有無窮悲感。」評〈燕歌行〉則說：「和柔巽順

之意，讀之油然相感，節奏之妙，不可思議。」亦正是《文心雕龍‧才略》所說：「魏文之才，洋洋清綺。」像流動的澄清的水波，即王夫之《薑齋詩話》中說：「子桓精思逸韻」，曹丕在情感的表達上是不同於曹植用鋪排整飭或是華茂詞采來表達，而是用敏銳的感受，在細細品味後才能領略到他詩中感染力是緩緩地傳達出來的，所以沈氏也說曹丕那種溫和婉轉的詩意，和句句押韻的節奏，「讀之油然相感」，它不是澎湃激烈、排山倒海而來的，而是在綿密細膩之中，逐漸感受到詩歌中的情韻，因此，沈氏評論曹丕詩時，他說：

> 子桓詩有文士氣，一變乃父悲壯之習矣，要其便娟婉約，
> 能移人情。

沈氏很明確地指出從曹丕以後，漢、魏詩歌的分際漸趨明顯，一方面顯示沈氏十分重視詩歌發展史上承先啟後的詩人，另一方面他也從具體詩人詩作之分析中，指出不同時代詩歌風格特色相異之處。

（三）曹　植

　　相較於沈氏能夠看到曹丕在表達征人思婦題材中委婉細膩的情感，對於曹植，沈氏就比較偏重他受到政治迫害和壓抑下，如何來抒發他不滿和怨懟的情緒。曹植的詩流傳至今約有九十五首，其中樂府有五十九首，沈氏選取十二首；古詩有三十六首，沈氏選取十二首，沈氏在本選集中所選曹植詩共二十四首，占曹植詩比率的百分之二十五，編排上並未明顯區分古詩、漢樂府，主題和批評多重於他如何適當抒發不滿之憤，如他將〈朔風詩〉置於第一首，其詩及評如下：

> 仰彼朔風，用懷魏都。願騁代馬，倏忽北徂。凱風永至，
> 思彼蠻方。願隨越鳥，翻飛南翔。四氣代謝，懸景運周。
> 別如俯仰，脫若三秋。昔我初遷，朱華未希。今我旋止，
> 素雪云飛。俯降千仞，仰登天阻。風飄蓬飛，載離寒暑。
> 千仞易陟，天阻可越。昔我同袍，今永乖別。子好芳草，
> 豈忘爾貽。繁華將茂，秋霜悴之。君不垂眷，豈云其誠。
> 秋蘭可喻，桂樹冬榮。絃歌蕩思，誰與消憂。臨川慕思，

何爲汎舟。豈無和樂，遊非我鄰。誰忘汎舟，愧無榜人。

沈氏評曰：

> 言君雖不垂眷而已豈得不云其誠乎？故下接秋蘭云云，結
> 意和平夷愉，詩中正則。

曹植這首詩是他被魏明帝下令從原本的封地雍丘遷徙到浚儀，一年後他再度被命遷回雍州時所寫的，首章以朔風起興，魏都洛陽在北，雍州在南，由北方吹來的寒風不禁令曹植懷想自己曾有的少年豪氣及欲征吳的雄心壯志。然而，歲月在輾轉遷徙之中流失，一往一復之間，物換星移，曹植化用《詩經・小雅、采薇》「昔我往矣，楊柳依依；今我來思，雨雪霏霏」之句來寫身世飄零，顯得更悽愴酸楚。八年間的遷徙流離，變化之大更令曹植覺得自己猶如無根的蓬草，漂泊不定，他在〈吁嗟篇〉也以轉蓬「宕宕無依，存亡無定」來自比，而更令他痛苦的還在於不能兄弟相見，被迫分離而可能永無會面之日。即使自己在遭到如此悲慘的對待，他仍要表明自己忠誠無二之心，透過朔風素雪來對猜忌他的君王發出責詢，運用《離騷》以芳草喻忠臣，秋霜比小人，對君王何以不知其誠，表達出憤懣，然而，這股憤懣之氣，詩人並未放縱它毫無節制的發洩，反而用以一種更堅定而凜然的語氣，以「寒霜中的秋蘭」和「朔風下的桂木」顯示自己難以被摧折的骨氣和決心，最後則以悠悠之嘆作結，沈氏即從此處盛讚曹植這種「怨悱而不亂」的情感，正是繼承《詩經・小雅》精神，而沈氏站在詩教立場，一是從儒家五倫的君臣關係而言，爲臣者若不見用或不爲君知，仍要堅持理想不可放棄，雖遭貶抑，仍要無改其忠誠之心；語出怨憤，也要是出於對國家朝廷惓惓不忘之情；看沈氏選、評曹植其他的詩，也大抵是從這個角度出發的，如他選〈名都篇〉則說其刺時人遊樂而無憂國之心，選〈白馬篇〉則說「言人當立功爲國，不可念私也」；評〈聖皇篇〉說：「處猜嫌疑貳之際，以執法歸臣下，以恩賜歸君上，此立言最得體處，王摩詰詩『執政方持法，明君無此心』，深得斯旨。」評〈七哀詩〉：「此種大抵思君之辭，性情結撰，絕無華

飾，其品最工」等等，都可以看出沈氏選評曹植詩歌的角度和立場是較傾向於儒家「溫柔敦厚」詩教傳統。

（四）建安文人

建安時期，文人宴游相交，往往有贈答或公讌的應酬之作，對於這類題材，沈氏在選、評時也有所取捨。如沈氏選取曹植贈作有〈贈徐幹〉、〈贈丁儀〉、〈又贈丁儀王粲一首〉、〈贈白馬王彪〉、〈贈王粲〉、〈送應氏詩二首〉，這些贈作，大抵爲曹植對友人的勸慰之作，而像劉楨的〈贈從弟三首〉則是因他運用了比興之法，分詠象徵高潔、堅貞品行及遠大懷抱的蘋草、松柏、鳳凰來勗勉從弟，不同於漢代以來贈作通常以寫朋友往來、夫妻離聚之情爲主，全藉咏物發之，可說是破了常格，在建安詩人眾多贈作之中，實是卓然獨立，因此沈氏特別指出其不同於其他贈作之格，乃在於通篇以比體呈現。又如應瑒的〈侍五官中郎將建章台集詩一首〉，應瑒當時擔任五官中郎將曹丕的僚屬，這首詩是他在建章台公宴時獻給曹丕的詩。建安年間曹氏門下客寫了不少這種應酬詩，通常只是描寫宴會華麗場面或多是庸俗的頌揚語，開啓了後代應酬詩的陋習，而應瑒此篇主題雖也是希冀得到曹丕的知遇，卻在前半以雁爲喻，暗示自己過去窮苦憂困的生活，顯得委屈婉轉、淒切動人，另一方面「濯羽凌高梯」之意也略微透露出希望自己能受曹丕恩遇，在後半部正面敘述時，此意竟又不著一字，主要乃因應瑒爲人自重身分，所以含蓄蘊藉中見其立言得體、不卑不亢，堪爲建安詩中之佳作，故沈氏說「存此以備一格」。

二、阮籍和嵇康

正始年間，詩壇受政治和學術風氣影響，玄風興起，名士相交，史上有竹林七賢之稱，其中阮籍、嵇康的詩歌於當代脫穎而出，對於亂世中的自處之道及社會秩序有深刻的思考和批判，以下分別來看沈氏對阮籍和嵇康詩之選評。

（一）阮　籍

　　阮籍有八十二首詠懷詩，根據吳汝綸《古詩鈔》的說法，這八十二首並非一時一地之作，可能是阮籍總集平生所爲詩，將之題爲詠懷。詩中的內容風格和表現手法十分接近，因此可視爲五古詩詠懷組詩，以於亂世中時事變化莫測所激起的盛衰之嘆爲主，有是針對曹魏王朝，如〈駕言發魏都〉一首就是以戰國時梁王失政的典故影射魏王導致亡國的原因；也有針對曹爽集團爲司馬集團算計的，如〈湛湛長江水〉一首；更多是對司馬氏集團恐怖政治而發的，如〈嘉樹下成蔭〉一首，用「歲暮」來比亂世，流露出即使隱遁也無法避開如嚴霜般的司馬氏集團的摧殘；而其重要的主題在於探索於亂世中的處世哲學，不甘寂寞便禍患臨門，謙柔處世就越發被欺，阮籍在極苦悶的探索中充滿著矛盾的掙扎。沈氏於《古詩源》例言中說：

　　　　嗣宗觸緒興懷，無端哀樂，當塗之世，又成別調矣。

卷六阮籍〈詠懷〉下評曰：

　　　　阮公詠懷，反覆凌亂，興寄無端，和愉哀怨，雜集於中，
　　　　令讀者莫求歸趣，此其爲阮公之詩也。必求時事以實之，
　　　　則鑿矣。

於詩後又說：

　　　　顏延年曰：「說者謂阮籍在晉文代，常慮禍患，故發此詠，
　　　　看來諸詠非一時所作，因情觸景，隨興寓言，有說破者，
　　　　有不說破者，忽哀忽樂，俶詭不羈。」

　　　　〈十九首〉後有此種筆墨，文章一轉關也。詠懷詩當領其
　　　　大意，不必逐章分解。

沈氏《說詩晬語》中亦有此說：

　　　　阮公詠懷，反覆零亂，興寄無端，和愉哀怨，俶詭不羈，
　　　　讀者莫求歸趣。遭阮公之時，自應有阮公之詩也。箋釋者
　　　　必求實事以實之，則鑿矣。劉彥和稱：「嵇志清俊，阮旨遙
　　　　深」，故當截然分道。〔註14〕

〔註14〕　《說詩晬語・卷上・五十七》，頁 201。

阮籍〈詠懷〉五言共有八十二首，四言有十三首，〈詠懷〉可以說是阮籍一生詩歌創作的總匯。《文心雕龍‧明詩》說：「阮旨遙深」，鍾嶸《詩品》說阮籍的〈詠懷〉：「言在耳目之內，情寄八荒之表，……頗多感概之詞，厥旨淵放，歸趣難求。」，李善在《文選》注卷二十三中說：「文多隱蔽，百代之下難以情測。」都是說阮籍詩的隱晦難解，沈氏在《古詩源》中，主要選取五言二十首爲代表，並於詩後引顏延年說，沈氏亦如前人之說認爲阮籍詩中表現出「興寄無端，莫求歸趣」的原因，主要還是和阮籍所處的時代中險惡的政治環境以及阮籍本身獨特的遭遇有關，使得阮籍在詩中多用比興手法，如多用玄雲、驚風、曠野、天網、鳥獸、荊棘、凝霜、桃李等比象，又承襲了《離騷》用美人香草爲喻託的傳統，因此讀阮籍之詩先要了解其所處的環境，而後就整體的基調上去理解詩人的情懷。

（二）嵇 康

嵇康詩現存有五十多首，大半爲四言詩，五言和雜言多失於繁淺，主要多以抒寫世路險惡、人生憂患的感慨，沈氏所選取嵇康詩皆爲四言，因其四言清俊，頗有創新，能於《三百篇》外自成一局。沈氏於《古詩源》卷六魏詩嵇康下說：

> 叔夜四言，時多俊語，不摹倣《三百篇》，允爲晉人先聲。

就嵇康詩歌的風格而言，沈氏大抵從前人之論，如《文心雕龍‧體性篇》云：「叔夜俊俠，故興高而采烈。」〈明詩篇〉云：「嵇志清俊」。劉勰用「俊」來形容嵇康，是說他的才華或風貌有俊傑之氣，加上嵇康本身的性格剛腸疾惡，因此詩歌呈現強烈的感染力和濃烈的文采。陳祚明《采詩堂古詩選》也說：「叔夜婞直，所觸即形，集中諸篇，多抒感憤，召禍之故，乃亦緣茲。」又說：「叔夜衷懷既然，文筆亦爾，逕遂直陳，有言必盡，無復含吐之致，顧知詩誠關乎性情，婞直之人必不能爲婉轉之調。」這裡說嵇康性情「婞直」，指的就是他因性情直而容易得罪、傷害人，內心有所不滿就會表現在外，因此，他

的詩文集中有較多感慨激憤的作品，其中最能代表他抒發激憤的作品就是他受朋友拖累下獄時所寫的〈幽憤詩〉：

> 嗟余薄祜，少遭不造。哀煢靡識，越在繈褓。母兄鞠育，
> 有慈無威。恃愛肆姐，不訓不師。爰及冠帶，馮寵自放。
> 抗心希古，任其所尚。託好老莊，賤物貴身。志在守樸，
> 養素全真。曰余不敏，好善闇人。子玉之敗，屢增惟塵。
> 大人含弘，藏垢懷恥。民之多僻，政不由己。惟此褊心，
> 顯明臧否。感悟思愆，怛若創痏。欲寡其過，謗議沸騰。
> 性不傷物，頻致怨憎。昔慚柳惠，今愧孫登。內負宿心，
> 外恧良朋。仰慕嚴鄭，樂道閑居。與世無營，神氣晏如。
> 咨予不淑，嬰累多虞。罪降自天，寔由頑疏。理弊患結，
> 卒致圄圉。對答鄙訊，縶此幽阻。實恥訟免，時不我與。
> 雖曰義直，神辱志沮。澡身滄浪，豈云能補。嗷嗷鳴鴈，
> 奮翼北遊。順時而動，得意忘憂。嗟我憤歎，曾莫能儔。
> 事與願違，遘茲淹留。窮達有命，亦又何求。古人有言，
> 善莫近名。奉時恭默，咎悔不生。萬石周慎，安親保榮。
> 世務紛紜，祇攪予情。安樂必誡，乃終利貞。煌煌靈芝，
> 一年三秀。予獨何為，有志不就。懲難思復，心焉內疚。
> 庶勗將來，無馨無臭。采薇山阿，散髮巖岫。永嘯長吟，
> 頤性養壽。

沈氏評曰：

> 通篇直直敘去，自怨自艾，若隱若晦，好善闇人，牽引之
> 由也；顯明臧否，得禍之由也。至云澡身滄浪，豈云能補，
> 悔恨之詞切矣。末託之頤性養壽，正恐未必能然之詞，華
> 亭鶴立，隱然言外。

魏、晉之際是政治黑暗的時代，正直的知識份子在這樣的環境下往往有性命之虞，而嵇康又是竹林七賢中思想最激烈的鬥士，主張「越名教而任自然」，對司馬氏提倡的虛偽名教毫不留情的予以攻擊。此外，他一方面俯仰自得，游心太玄，以莊子為師，追求遺世曠達；但另一方面又剛腸疾惡，輕肆直言，難容於當時社會，後來受朋友呂安牽連

入獄，又被鍾會藉機進言陷害而最後被殺，就是他激烈思想和個性剛直導致的結果。所以沈氏用其詩中之語指出其遭禍之由，正是沿用了鍾嶸《詩品》所說的：「過爲峻切，訐直露才，傷淵雅之致」，從沈氏的批評，又可以看出沈氏結合作者性格與詩歌作品來評論的特色。

第四節　晉

沈氏在《古詩源》例言中說：

> 壯武之世，茂先、休奕，莫能軒輊。二陸、潘、張，亦稱魯衛。太冲拔出眾流之中，孛骨峻上，盡掩諸家。鍾記室季孟於潘、陸之間，非篤論也。後此越石、景純，連鑣接軫。過江末季，挺生陶公，無意爲詩，斯臻至詣，不第於典午中屈一指云。

沈氏所說的「壯武之世」，應是指晉武帝時，但《晉書》中世祖武皇帝司馬炎並無壯武的稱呼，所以可能「壯」字爲「晉」字之誤。〔註15〕沈氏說晉代詩人，張華和傅玄在言情之作上，兩人不相上下；二陸指陸機、陸雲兄弟，潘指潘越，張指張載、張協兄弟，「亦稱魯衛」是說他們風格大致相當，沈氏是承續《文心雕龍·明詩》:「張、潘、左、陸，並肩詩衢」和〈才略篇〉:「孟陽（張載）、景陽（張協），才綺而相埒，可謂魯衛之政、兄弟之文也。」的說法，而三張、二陸、兩潘、一左皆爲太康名家，自《文心雕龍》以來，本是相提並論，但後來沈約《宋書·謝靈運傳》舉陸機爲太康之英，安仁、景陽爲輔，卻獨漏左思。至宋嚴羽《滄浪詩話》提出「晉人舍陶淵明、阮嗣宗外，爲太冲高出一時。」沈氏亦本此而論，並認爲鍾嶸將左思與陸機、潘越相比的評論並不恰當，這一點在前面已作說明。在二陸、潘、張之後，劉琨、郭璞，在西晉末年爲各有特色的詩人。到東晉末年，兩晉詩壇在充滿玄談的風氣下，陶淵明脫穎而出，在詩歌成就上達到了最高的境界，沈氏認爲他是兩晉第一流的詩人，前面也作過統計，沈氏在這本選集中選取的作家作

〔註15〕參見《說詩晬語詮評》，頁134，詮評1。

品最多的就是陶淵明，可見沈氏對陶淵明的詩十分重視。我們以下分別來看沈氏選取兩晉代表詩人詩作之主題及其批評傾向。

一、張華、傅玄

沈氏在卷七晉詩張華下評曰：

> 茂先詩，《詩品》謂其「兒女情多，風雲氣少」，此亦不盡然，總之，筆力不高，少凌空矯捷之勢。

張華，字茂先，現存詩約三十首，大多是模擬前人之作。鍾嶸《詩品》將他列為中品，評曰：「其源出於王粲。其體華艷，興託不奇，巧用文字，務為妍冶。雖名高曩代。而疏亮之士，猶恨其兒女情多，風雲氣少。謝康樂云：『張公雖復千篇，猶一體耳』，今置之中品疑弱，處之下科恨少，在季孟之間矣」，而沈氏主要針對「兒女情多，風雲氣少」提出了不同的看法。鍾嶸認為張華的作品在文字上多用鋪陳對偶、縟麗詞采，擅長抒發纏綿相思的感情，缺乏能感發人心、豪邁雄壯的題材。〈情詩〉五首向來被認為是張華的代表作，他也確實能準確的提煉某種特定情境的感受，沈氏在詩集中選取了有獨創性的第三首，和摹景華麗的第五首，並評曰：「穠麗之作，油然入人。茂先詩之上者，與〈葛生蒙楚〉詩同意。」，「葛生蒙楚」是指《詩經‧唐風‧葛生》：「葛生蒙楚，蘝蔓于野，予美亡此，誰與獨處。葛生蒙棘，蘝蔓于域，予美亡此，誰與獨息。角枕粲兮，錦衾爛兮，予美亡此，誰與獨旦。夏之日，冬之夜，百歲之後，歸于其居。冬之夜，夏之日，百歲之後，歸于其室。」〈葛生〉是一首寫女子悼念亡夫的詩，張華的這兩首情詩，一是以情景交融的手法，抒發閨中思婦纏綿動人情思，一是游子表達對妻子的思念之情，兩首寫情都十分真切，所以沈氏說〈情詩〉是張華作品中最好的，和《詩經‧唐風‧葛生》篇一樣表達出深切思念之情，正因張華能如此精準的傳達這種情境下的詩意，無怪鍾記室要說他「兒女情多」。但張華除了這類作品外，還有一部分是以少年遊俠為題材，或是批判貴族的奢靡生活的風氣，前者

如〈遊俠篇〉，而後者如〈輕薄篇〉，還有指責當時人們是非道德觀念淪喪的〈游獵篇〉，甚至也有歌詠壯士游俠的〈博陵王宮俠曲〉，這些作品多少都有其健壯的一面，所以沈氏認爲鍾嶸以評〈情詩〉的標準來說張華缺乏氣象廣大雄壯的題材，是不夠客觀、具體的說法，張華這些作品，顯然多少模仿了曹植〈明都篇〉、〈白馬篇〉，但在描寫上卻不如曹植來得生動，主要是他用賦的作法，鋪陳羅列一些繁縟的辭藻，刻意對偶堆砌而缺少變化，加上說教意味過濃，因此顯得呆板，所以沈氏說他「筆力不高，少凌空矯捷之勢」。

　　張華詩歌題材雖也多樣化，但流傳較廣的是他的〈情詩〉，沈氏將張華與傅玄相提並論，主要是他們在「相思閨情」的主題上風格相近。傅玄是西晉初年的重臣，爲人剛健正直，曾爲晉武帝制禮作樂，以儒家思想爲本，歌功頌德，寄以規箴，使得自漢以來的樂府頌詞更趨僵化。傅玄的詩現存百篇左右，大多以模擬漢樂府爲主，在主題上有不少是描寫婦女命運和感情的作品。沈氏在選取傅玄的作品時，對那些刻意以僵化的教條將敘事質樸的樂府民歌雅化的詩歌興趣缺缺，如他未選極力表彰秋胡妻的〈秋胡行〉和節婦勸使君改邪歸正的〈艷歌行〉，反倒是對一些清峻、委婉的短歌加以品評。如他評〈雜詩〉時說：「清峻是選體，故昭明獨收此篇」；評〈車遙遙篇〉則說：「樂府中極聰明語，開張、王一派。」沈氏在傅玄下總評曰：

　　　　休奕詩聰穎處，時帶累句，大約長於樂府而短於古詩。

沈氏所說的「聰明語」或「聰穎處」大抵是指傅玄善於即景取譬，比興手法新穎。如〈短歌行〉：「昔君視我，如掌中珠」、「昔君與我，如影如形；何意一去，心如流星」，又如〈雜詩〉：「落葉隨風催，一絕如流光」和〈車遙遙篇〉：「願爲影兮隨君身」等等，而像〈雜言〉通過女子誤以雷聲爲車聲的細節，生動刻化出她等候情人的痴心和專注，這樣的表現手法可能是受到吳歌影響，表現得極有情韻。然而傅玄的缺點就在於他同樣受到時代風氣的影響，在作品的結構和語言形式上仍傾向於用鋪排對比的方式來抒發感情，所以元朝陳繹批評他：

「失之太工」，即沈氏所謂的「聰穎處時帶累句」的原因。

　　從沈氏對傅玄詩歌主題的選取，可以觀察到沈氏所秉持的詩教觀，並非是在詩歌內容中刻意植入倫理道德的教條，而是一種生命情調，從詩歌整體的思想、感情和人格上形成對讀者優柔浸漬的感發作用，由此，對沈氏詩教觀又有一番新的體認。

二、二陸、潘、張

　　沈氏對於二陸、潘、張的評論，前面已略有所論，陸機雖被鍾嶸列為上品，但以他身為亡國之臣、名將之後，及在政治現實不順的處境，應是有更深刻的作品呈現，然而他一方面雖是怕出口招禍，另一方面卻是由於他自負才高、趨附權貴，人品卑下而導致思想淺薄，所以他的詩作在沈氏看來，大多「詞旨膚淺，但工塗澤」，遂以綺靡之排偶，導致後代流於專工對仗而意淺篇狹的窠臼中。雖然陸機模擬樂府、古詩的題材和格式的作品在西晉當中數量算是不少，但因缺乏新鮮真切的感受，加上好用對偶駢儷，因此顯得呆板而缺少變化，沈氏排除陸機那些專於堆垛的作品，選取在詩歌內涵和意旨上較能感人的作品十二首，他說：「茲取能運動者十二章，見士衡詩中亦有不專堆朵者」，像四言樂府〈短歌行〉，沈氏評曰：「詞亦清和，雄氣逸響，杳不可尋。」又如〈赴洛道中作〉沈氏評曰：「稍見淒切」，評〈塘上行〉：「意旨自婉」等等，以及從沈氏選取陸雲、潘岳和張協的作品中，都可以看出沈氏在詩歌編選和批評，注重詩歌內涵及詩人性情的價值是優先於講求形式審美的價值。

三、左　思

　　左思的詩現僅存十四首，沈氏除了〈嬌女詩〉、〈悼離贈妹詩二首〉未選，其他〈雜詩〉、〈咏史〉八首和〈招隱〉二首，則全部選入，足見沈氏對左思的重視。左思的詩歌以慷慨雄邁的風力繼承了建安精神，詩歌主題為抒發有志難伸的悲慨，尤其是〈咏史〉八首，藉咏古

人史事以寄託懷抱，從詩中可見其高曠之胸次及雄邁之筆力，在西晉充滿玄風和華靡雕琢的文壇中，左太沖可謂「拔出於眾流之中」，為太康之領袖。〔註16〕

〈咏史〉之名首見於班固，到後來魏曹氏父子與建安七子的孔融、王粲、嵇康和阮籍，已從客觀的贊詠單一史事逐漸轉向藉史抒懷，左思則更加緊密結合了詠史和詠懷的主題，表現也更富於變化。左思〈咏史〉八首雖各自成章，在詩意上卻相互承接，對當時不合理的門閥制度提出嚴正的抗議，同時也抒發了藐視豪門世族的傲氣，藉著歌誦前代的傑出人物，表達自己欲建功立業的胸襟懷抱，在精神上繼承了建安詩人積極健康的人生理想，在藝術手法上和阮籍同樣採用多重對比來探索立身處世之道，少了虛無悲觀的哀嘆，卻道出了當時文人的理想和不平。〈咏史〉其一則以述己之才與志，並暗用史事奠定了後七首的主題：

> 弱冠弄柔翰，卓犖觀群書。著論準過秦，作賦擬子虛。邊城苦鳴鏑，羽檄飛京都。雖非甲胄士，疇昔覽穰苴。長嘯激清風，志若無東吳。鉛刀貴一割，夢想騁良圖。左眄澄江湘，右盼定羌胡。功成不受爵，長揖歸田廬。

這首詩當作於西晉初建、吳尚未平之時，所以詩中塑造的志士形象呈現鮮明的時代色彩，既有文才又有武略而欲「騁良圖」，即使出身低微仍有建功立業的進取精神，同時又蘊含著老莊恬退的清風高節，詩中所表現的胸襟氣度成為後代詩人歌詠的理想，像鮑照和李白詩中都表現出對這種形象的嚮往，故沈氏在評論左思〈咏史〉的影響時，除了推崇左思在咏史中能見其高曠的胸襟和真摯的性情而評為「千秋絕唱」外，也特別從詩歌史的觀點來看左思對於後代詩人的影響，說明後代也只有鮑照和李白能達到這樣的境界，足見沈氏對左思的評價是相當高的。

〔註16〕參見沈師秋雄《詩學十論》，台北市：文史哲出版社，民國 82 年 3月初版，頁 247。

四、劉琨、郭璞

　　劉琨詩現僅存三首，由於劉琨早年放蕩不羈，後來經歷國破家亡、孤軍奮戰、下獄被囚的困境，在思想感情上有較大的起伏變化，所以他的詩以挺拔剛勁之氣抒發英雄失路的悲涼為主，如〈答盧諶〉：

　　厄運初遘，陽爻在六。乾象棟傾，坤儀舟覆。橫屬糾紛，
　　群妖競逐。火燎神州，洪流華域。彼黍離離，彼稷育育。
　　哀我皇晉，痛心在目。

　　天地無心，萬物同塗。禍淫莫驗，福善則虛。逆有全邑，
　　義無完都。英蕊夏落，毒卉冬敷。如彼龜玉，韞櫝毀諸。
　　芻狗之談，其最得乎。

　　咨余軟弱，弗克負荷。愆釁仍彰，榮寵屢加。威之不建，
　　禍延凶播。忠隕于國，孝愆于家。斯罪之積，如彼山河。
　　斯釁之深，終莫能磨。

　　郁穆舊姻，嬿婉新婚。不慮其敗，惟義是敦。裹糧攜弱，
　　匍匐星奔。未輟爾駕，已隳我門。二族偕覆，三孽並根。
　　長慚舊孤，永負冤魂。

　　亭亭孤幹，獨生無伴。綠葉繁縟，柔條修罕。朝採爾實，
　　夕捋爾竿。竿翠豐尋，逸珠盈椀。實消我憂，憂急用緩。
　　逝將去矣，庭虛情滿。

　　虛滿伊何，蘭桂移植。茂彼春林，瘁此秋棘。有鳥翻飛，
　　不遑休息。匪桐不棲，匪竹不食。永戢東羽，翰撫西翼。
　　我之敬之，廢歡輟職。

　　音以賞奏，味以殊珍。文以明言，言之暢神。之子之往，
　　四美不臻。澄醪覆觴，絲竹生塵。素卷莫啓，幄無談賓。
　　既孤我德，又闕我鄰。

　　光光叚生，出幽遷喬。資忠履信，武烈文昭。旌弓驊驊，
　　輿馬翹翹。乃奮長靡，是彎是鑣。何以贈子，竭心公朝。
　　何以敘懷，引領長謠。

這首詩主要在哀嘆中原地區的亂象和西晉王朝的傾頹，從而悲嘆自己

和盧諶家族覆滅、親友失散凋零的身世。沈氏將劉琨這首四言詩逐章分解，並指出每章篇旨，總評曰：「通篇感激豪宕」。整體而言，就劉琨善敘喪亂、雅壯多風的感恨之詞，以抒發整個時代的悲涼之感，和激昂痛切的悔恨，雖看似隨意傾吐、哀音無次，沈氏認為這正是詩人內心真實感情及深層的悲哀所發唱出來自成一格之絕調。

沈氏於評郭璞〈遊仙詩〉說：

> 遊仙詩本有託而言，坎壈詠懷，其本旨也，鍾嶸貶其少列
> 仙之趣，謬矣。（卷八晉詩郭璞〈遊仙詩〉）

沈氏是從歌發展史對遊仙的題材的呈現和詩人抒發個人情懷的主題的角度出發。就前者而言，東晉盛行玄言詩，雖與當時學術界佛理興盛並與玄學合流有關，郭璞將玄理寓於遊仙隱逸的作品對後來的玄言詩領袖許詢和孫綽實有很大的影響；以後者而論，沈氏認為遊仙的主題主要還是以抒發作者的感懷為主，如〈遊仙詩〉其九就借遊仙寄遇對現實的不滿，「遐邈冥茫中，俯視令人哀」，又如寄望在隱逸中自有仙境，超脫於求仙的俗見和避世之上境界，這種藉隱遁真趣和遊仙幻境而抒發慷慨之情的表現方式，也往往影響後代的文人。

五、陶淵明

陶淵明詩流傳至今約有一百二十六首，〔註17〕沈氏共選了五十六首，佔陶淵明詩比率約百分之二十五，其中四言詩佔二十首，五言詩有三十六首，是選集中作家作品數最多的，編選詩集者選取某一作家作品數量上較其他作品多時，往往也呈現出編選者的選詩傾向及其編選的觀點，因此，筆者試著從沈氏選取陶詩作品的數量、內涵及沈氏之評語中，歸納出沈氏重視陶詩並視陶淵明為六朝第一流人物的原因，就可進一步去推究沈氏詩歌的價值觀。根據沈氏所選取的陶詩及其評語歸納出沈氏在三方面對陶淵明的稱許：首先是陶淵明的思想，

〔註17〕根據丁福保於《全漢三國晉南北朝詩》中除去偽做三首計數之統計，
《全漢三國晉南北朝詩》，台北市：世界書局，民國 58 年 8 月二版。

其次是其人格，再者則為其藝術風格，以下分別來看：

（一）思　想

　　陶淵明之所以能在玄風籠罩下的魏晉詩壇獨樹一幟，主要原因在於陶淵明受儒、道、佛思想的薰陶，取其精華，棄其糟粕，使其在詩歌創作上的成就如蕭統所言「獨超眾類」、「莫與之京」。沈氏尤重淵明對儒家基本精神的繼承和發揮，如沈氏評〈飲酒詩〉第二十章時說：

> 「彌縫」二字該盡孔子一生為事，「誠殷勤」五字道盡漢儒訓詁。
>
> 末段忽接入飲酒，此正是古人神化處。
>
> （總評）：晉人詩，曠達者徵引《老》、《莊》，繁縟者徵引班、揚，而陶公專用《論語》，漢人以下，宋儒以前，可推聖門弟子者，淵明也。

沈氏從陶淵明詩中多用《論語》來推許他為漢代以後，宋儒以前的儒家代表人物，事實上，陶淵明少壯時即有「猛志逸四海，騫翮思遠翥」（〈雜詩〉其五）的遠大之志，曾經勤學經書的他，也希望自己有朝一日能經世濟民，秉持著儒家這種積極的入世精神，在經歷現實世界的殘酷、虛偽和混亂不安的社會使淵明對於時局的昏濁產生徹底的反感，然而，在儒家思想中，他未必沒有過質疑與反思，加上四十歲以後的他，有一種「人生無根蒂，飄如陌上塵」的感慨，生命的無常與虛空也讓他「念此懷悲戚，終曉不能靜」，在〈飲酒詩〉後十首就從各個角度反覆述說自己出處的矛盾，雖願以守仁道的顏回、榮子期為榜樣，然而對於守節的枯索與寂寞又並非沒有遺憾，最後，他在行動上選擇歸隱，在心靈上卻仍堅持著高尚的志趣。面對虛無的生命他則以老莊乘化委運的思想來尋求精神的解脫，神依形體，形沒神滅，在生死問題上他採取較透徹而達觀的態度，他也反對空求留名的私心，求的是「道」的勝利和「節」的流傳，〈飲酒詩〉其二就說：「善惡苟不應，何事空立言！不賴固窮節，百世當誰傳？」建安以來，積極的人生觀莫過於勉人匡濟天下，立功揚名，以追求個人之不朽；而陶淵

明所追求的則是節操與正義的不朽，正是融合儒、道思想而以超脫的心靈將之轉化於生活與創作中，沈氏從陶淵明用《論語》入詩，也從他欲言難言的寄託中看到他高出晉人的品格操守而盛讚他為儒家子弟，沈氏即從陶淵明對儒家和現實的衝突中如何做反思及在反思後堅持儒家高尚志節的內涵上，去推崇陶淵明。

（二）人　格

沈氏評〈詠貧士〉詩說：

> 不懼飢寒，達天安命，陶公人品不在季次、原憲下，而概以晉人視之，何耶？

〈詠貧士〉七首，第一首和第二首為七首之綱領，第一首寫自己高節孤獨，抱窮歸隱，第二首則敘自己貧困蕭索之狀和不平之抱，而以「何以慰我懷，賴古多此賢」開啟。以下五首分詠草野高人如榮奴、黔婁、袁安、仲蔚等古代貧士來表達自己遠鑑前修，將固窮守節以紹高風的志向。尤其在第五首以遠安和阮公之事，暗示自己也曾經在貧富的歧路上掙扎交戰，而最後選擇躬耕歸隱，寄望能效法古人安貧樂道之高行，如孔子所言：「君子謀道不謀食，耕也，餒在中矣。學也，祿在其中矣，君子憂道不憂貧。」（《論語・衛靈公》）所以沈氏說他：「達天知命」，沈氏在《古詩源》評淵明之〈時運〉說：「晉人放達，陶公有憂勤語，有安分語，有自任語」。沈氏在《說詩晬語》中也說：

> 晉人多尚放達，獨淵明有憂勤語，有自任語，有知足語，有悲憤語，有樂天知命語，有物我同得語，倘幸列孔門，何必不在季次、原憲下？（《說詩晬語・卷上、六十二》）

淵明的〈榮木〉、〈勸農〉、〈命子〉等諸篇四言詩，可見淵明是小心翼翼、溫慎憂勤之人；而〈飲酒詩〉二十章中又可見淵明學道之誠，常以聖賢自任；有因志之不能伸，感於歲月之忽逝，如〈雜詩〉其二所云：「日月擲人去，有志不獲騁」，朱熹也說陶淵明不同於一般隱者的帶氣負性，而是欲有為而不能的人，因此詩中常有憂時念亂之悲憤語；對於生命無常淵明則有豁達超然於生死的安分之言，如「寒暑有

代謝,人道每如茲。達仁會其解,逝將不復疑。」、「百年歸丘壟,取此空名道」等等,面對生死及無常,他不同於當時一些虛無放蕩的玄學者或消極頹唐的風流名士,而是用一種「樂天委命,以致百年」的曠達懷抱來自處。淵明歸隱後,過著躬耕自娛的生活,自然的景物,往往讓他觸目有情,日常生活之鳥獸草木,也和他有相通相感之趣,如「眾鳥欣有託,吾亦愛無廬」、「平疇交遠風,良苗亦懷新」,淵明內心真樸平淡,萬物在他眼中亦有情有感,顯得平和易近。沈氏評論中提到陶淵明若於孔門弟子中列次,則未必居於季次、原憲之下。原憲,字子思,魯國人。季次是齊國人公皙哀的字。他們兩人的事蹟記載在《史記》卷六十七〈仲尼弟子列傳〉中,另外在〈遊俠列傳〉中也說:「及若季次、原憲,閭巷中人也。讀書懷獨行君子之德,義不苟合於當世,當世亦笑之。故季次、原憲終身空室蓬戶,褐衣疏食不厭,死而已。」陶淵明固窮守節的精神正和安於貧困,懷行君子之德的季次、原憲相同,淵明活潑而有情的生命甚至超越了他們,尤其是他處於亂世之中仍有追求高尚志節的嚮往和追求真、善、美的穎悟和曠達,沈氏認為他在六朝中可謂第一流人物。

(三)藝術風格

西晉以來,四言詩用於郊廟祭典、公宴應酬或朋友贈答,因此文人創作的四言詩亦有不少,除了嵇康和陶淵明的作品不襲用《三百篇》而創新格,其他大多趨於僵化死板。〔註18〕嵇康在句法和構詞上有較大的創變,淵明則是用新鮮活潑的內容為四言詩帶來一股新的生命力,他從《詩經》語言中提煉新的詞彙,將字活用,如沈氏說〈時運〉首章中的「有風自南,翼彼新苗」的「翼」字寫出了陶淵明的性情,用「翼」字轉品為動詞的用法,取自於《詩經》,使新苗呈現出在風中起舞展翅欲飛的動態感,可見淵明細膩觀察和與物相融的真性;又

〔註18〕沈氏在《古詩源》卷八淵明〈歸鳥〉四章後評曰:「他人《三百篇》痴而重,與風雅日遠;此不學《三百篇》清而腴,與風雅日近。」

如〈歸鳥〉運用了《詩經》回環往復的章法寫飛鳥遠離、懷舊、倦還、歸隱的過程，有種清和婉約之氣在言外，使人能平心靜氣，疲累盡消。沈氏在《說詩晬語》中說：

> 淵明〈停雲〉、〈時運〉等篇，清腴簡遠，別成一格。〔註19〕

淵明的四言詩有別於當時其他學《三百篇》而走向僵化的四言詩，他詩中清新簡遠的風格，為四言詩帶來了活力，同時對於唐代文人在閑適自得的自在和觀照自然的審美態度也有很大的影響〔註20〕。

自阮籍以八十二首詠懷之作後，文人往往將託喻寄興的詩歌集合成組，以「詠懷」、「雜詩」等題，用比興手法和五古體裁反映社會和人生，淵明繼張協〈雜詩〉、郭璞〈遊仙〉和左思〈咏史〉之後，根據內容和形式的主要特點來命題，呈現更豐富而多樣的面貌，有借史詠懷，或以比興明志，更有結合田園生活的恬靜淳樸，融合自然景物、比興形象和詩人心境的作品，如〈飲酒〉二十章、〈擬古〉九首、〈雜詩〉十二首、〈讀山海經〉十三首等等，可說突破了一般詠懷詩的傳統表現方式。淵明詩中也常常用日常生活中的景物來表現自己的人格，如用青松、芳菊、歸鳥、孤雲等等來象徵自己的高潔，如〈飲酒〉其二寫青松的凝霜見卓姿，〈和郭主簿〉寫秋景的肅穆及〈詠貧士〉中的孤雲和歸鳥都象徵著他內心孤高的操守與形象。

沈氏對於淵明用比興寄託的方式認為是和他所處的時代背景有關，卷八陶潛下沈氏評曰：

> 淵明以名臣之後，際易代之時，欲言難言，時時寄託，不獨〈詠荊軻〉一章也。六朝第一流人物，其詩有不獨步千古者耶？

在評〈擬古〉時就說：「首陽、易水託意顯然」又說：「欲言難言，陶詩根本節目全在此種」，因欲言難言故時時寄託，沈氏十分重視作者

〔註19〕《說詩晬語・卷上・四十七》，頁198。

〔註20〕參考《盛唐王孟詩派美學研究》潘師麗珠著，台北：國立台灣師範大學國文研究所碩士論文，民國76年5月，頁218。

用借物詠懷的方式來達到言淺情深，含蓄蘊藉的效果，因爲它是直接繼承風雅的精神。〔註21〕

沈氏從陶淵明詩中的思想、感情和人格上去評價陶淵明的詩歌，並將他視爲六朝第一流人物，對於他的詩作評價甚高，基本上，可以看出他認爲陶淵明在詩歌創作上合於自然，是陶淵明表現一種「摯性深情，篤於倫物」的儒家性情人格，陶淵明固窮守節的高尚人格，和曠達眞朴的胸襟懷抱，亦符合沈氏所謂第一等眞詩的境界，〔註22〕陶淵明可說是繼屈大夫以下數人之一也。

從沈氏對晉代詩人的評論中可以得知沈氏重視詩人眞性情之流露，在詩歌內容的選取偏向能表現詩人高尚的人格修養及抒發個人懷抱思想者爲主，以晉代詩人而言，他尤其重視左思和陶淵明，詩人性情關乎詩歌內涵，有眞性者詩才能自然感人；反之，若像潘、陸輩剪綵爲花、毫無生韻而欲求感人，洵難也。

第五節　宋、齊、梁、陳

一、宋：顏延之、謝靈運、鮑照

沈氏於《古詩源》例言中說：

> 詩至於宋，體制漸變，聲色大開。康樂神功默運，明遠廉
> □無前，允稱二妙。延年聲價雖高，雕鏤太甚，未宜鼎足

〔註21〕前面第二章討論過他繼承葉燮詩學認爲詩歌表現的對象不外理、事、情，即他在《說詩晬語》中所說：「事難顯陳，理難言罄，每託物連類以形之；鬱情欲舒，天機隨觸，每借物引懷以抒之；比興互陳，反覆唱歎，而中藏之歡愉慘戚，隱躍欲傳，其言淺，其情深也。倘質直數陳，絕無蘊蓄，以無情之語而欲動人之情，難矣。」（《說詩晬語·卷上·二》），而他進一步強調要用「託物連類」、「藉物引懷」的比興方式來表現，才能上溯詩歌風雅「含蓄蘊藉」、「溫柔敦厚」之源。

〔註22〕《說詩晬語·卷下·六》：「有第一等襟抱，第一等學識，斯爲第一等眞詩。如太空之中，不著一點；如星海之宿，萬泉湧出；如土膏既厚，春雷一動，萬物發生。古來可語此者，屈大夫數人而已。」頁110。

矣。(《古詩源‧例言》)

宋人詩日流於弱，古之終而律之始也，無鮑、謝二公，恐
風雅無色。(《古詩源》卷十宋詩孝武帝下)

晉、宋時期，四言詩和五言詩在語言上漸趨僵化，文人逐漸擺脫質木
無文的玄言詩，而欲恢復西晉時的典雅詩風之際，反又將詩風引向艷
麗、生澀而性情漸隱的道路，然而其中有不少作品在詩歌題材、構思、
語言和形式方面出現了變化，也肇開了其詩歌語言轉向更通俗平易、
聲調漸趨於律的發展趨勢。這種變化最明顯的就是玄言詩的告退和山
水詩的興起，劉勰《文心雕龍‧明詩》：「宋初文詠，體有因革，老莊
告退，而山水方滋。」東晉玄言詩因佛理與玄理的融合而風行文壇一
百餘年，文人、名士與高僧們在解決了自然與名教之爭問題後，轉向
在自然與山水的關係上去探求新理，在描寫山水與談玄的交錯組合經
常出現在孫綽、支道林、慧遠和廬山諸道人的詩作中，東晉玄言詩中
的山水，往往是觸發玄理的媒介，以印證自然之道無處不在，這無形
中也促成了山水詩逐漸增多的趨勢，而宋初一些頗有文采的高僧在探
究玄理的詩歌中，逐漸將詩歌語言帶向華麗的風氣，使得朴直無味純
說理的玄言詩逐漸被文人所淡忘，加上當時文學批評之風氣轉向以強
調抒情寫志、詞章華美為詩賦的特點，以及劉宋帝王宗室愛好文學，
常與群臣於登臨遊覽、酬唱贈答，山水詩也在其中悄悄的滋長，促成
山水詩在宋初形成取代玄言詩最具代表的詩人就是謝靈運，他刻畫
山水精工細膩，又為山水詩開拓新題材，鎔鑄寫景、說理和抒懷而成
有個人風格特色的山水詩，在劉宋詩壇形成新的傾向；其次是抗音吐
懷、操調險急，模擬漢魏樂府而立意求變，這類型則以鮑照為代表；
再者則為沿襲西晉典正為上的基礎，加之以鋪錦列繡，艷逸詞藻者，
以顏延之為代表，若就「風雅」的傳統而言，沈氏認為謝靈運和鮑照
是劉宋詩人中尚能承襲此一傳統者，顏延之的詩歌雖能呈現出時代意
義，但對風雅教化的助益不大，所以說他未能與鮑、謝鼎足而三。以
下分就三人詩歌代表作及沈氏之評來看：

（一）顏延之

沈氏評其風格其詩云：

> 顏延之：顏詩惠休品爲鏤金錯采，然鏤刻太甚，填綴求工，轉傷眞氣。中間如〈五君詠〉、〈秋胡行〉，皆清眞高逸者也。

> 士衡長於敷陳，延之長於刻鏤，然亦緣此爲累，詩云：穆如清風，是爲雅音。

> 〈北使洛〉：黍離之感，行役之悲，情旨暢越。

> 〈秋胡詩九首〉（有懷誰能已）：前章說相持矣，以常情言，宜即出憤語，此卻申言離居之苦，急處用緩承，正是節奏之妙。

> （總）：無古樂府之警健，然章法綿密，布置穩順，在延之爲上乘矣。

顏延之的作品有不少是侍從皇帝宴遊的應詔之作，正如《南史》所言「鋪錦列繡，雕繢滿眼」，少數作品則厚重有古意，像〈五君詠〉和〈秋胡行〉，〈五君詠〉開後世論人之詩先例，雖是借前人抒懷，但對人物的評論也還算中肯。〈秋胡行〉則將遊子思婦的細膩抒情運用在敘事點景，沈氏認爲它是顏延之最好的作品。

從沈氏對宋代詩人的評論，看到沈氏在對於逐漸走向聲色藻采的宋代詩風中，他以謝靈運出於性情、富理趣又歸於自然的山水詩和抗音吐懷、每成亮節的鮑照爲代表詩人，可以約略看出沈氏在詩歌內容題材方面，重視詩人抒發內心眞誠感懷的作品爲優先，對於注重雕琢而情意不足者則選少、評少，雖然顏延之的詩被選入者有不少，但大多爲組詩，沈氏在選評時，以其作品中「清眞高逸」者爲重，內容主題以像描寫中原殘破的感慨者如〈北使洛〉、或是章法布置穩當的〈秋胡行〉爲主。自宋以後，詩中的佳句大多以清新自然、或對仗精工見長，可以看出詩風轉變的方向，沈氏在評選上較偏重於以「清」來評論詩人之用字、造句及風格，顏延之就是其中之一。

（二）謝靈運

沈氏於《古詩源》中評謝靈運之語如下：

前人評康樂詩謂「東海揚帆，風日流利」，此不甚允，大約經營慘淡，鉤深索隱，而一歸自然，山水閒適，時遇理趣，匠心獨運，少規往則。建安諸公都非所屑，況士衡以下。

陶詩合下自然，不可及處在眞在厚；謝詩追琢而返於自然，不可及處在新在俊，千古並稱，厥有由夫。

陶詩高處在不排，謝詩勝處在排，所以終遜一籌。

劉勰〈明詩篇〉曰：老莊告退，而山水方滋，見遊山山水詩，以康樂爲最。

〈從遊京口北固應詔〉：理語入詩而不覺其腐，全在骨高。

〈鄰里相送至方山〉：解纜二句，別緒低徊；含情二句，觸境自得。

〈登池上樓〉：「池塘生春草」，偶然佳句，何必深求，權德輿解爲「王澤竭，候將變，何句不可穿鑿耶？

〈游南亭〉：起先用寫景，第六句點出眺郊岐，此倒插法也，少陵往往用之。

〈登江中孤嶼〉：「懷新道轉迥」謂貪尋新境，望其道之遠也；「尋異景不延」謂往前探奇，當前妙景不能稍遷延也。深於尋幽者知之，十字字字耐人咀味。

〈登永嘉綠嶂山詩〉：此詩過於雕鏤，漸失天趣，取其用意之佳爾。

〈田南樹園激流植援〉：命題簡古。

〈於南山往北山經湖中瞻眺〉：詩中用經無如謝公者。

〈過白岸亭詩〉：凡物可以名則淺矣，「難強名」神於寫空翠者。

〈夜宿石門詩〉：「異音同至聽」、「空翠難強名」皆謝公獨造語。

沈氏對謝靈運之總評及所選詩作之評，從上可歸納出幾點來討論：第

一、沈氏不甚同意以「東海揚帆，風日流利」來概括謝靈運的詩風，
主要是沈氏認爲謝詩的內涵不止是采縟而已。第二、謝靈運因政治失
意而苦悶，以「山水爲理窟」，尋求不同於隱居、躬耕的達生之道，
陳祚明說他「稱性而出，達情務盡」，方東樹《昭昧詹言》卷五更是
將謝詩見道語之處羅列，如「感往慮有復，理來情無存」、「榮悴疊去
來，窮通成休戚」、「矜名道不足，適己物可忽」等等，並說他「根抵
性識所發，非襲而取之可冒有也」，都可見他從性情中發，對於山水
景物左顧右眺，俯仰觀察，力求詳盡描繪萬物萬趣，乃是受山水詩畫
「寓目輒書」的影響，如〈於南山往北山經湖中瞻眺〉云：「撫化心
無厭，攬物眷彌重」，心既眷戀無厭，下筆自然極盡窮物之形貌，甚
至發創新語以狀之，又如〈過白岸亭詩〉和〈夜宿石門詩〉中以「難
強名」神於寫空翠，「異音同至聽」、「空翠難強名」皆其獨造語，都
顯示他「鉤深索隱，慘澹經營」。第三、謝詩從登臨遊覽中，於山水
間追求情感的寄託和矛盾的解脫，他所領悟的理趣是他以「達生之道」
排解內心苦悶的一種方式，既是發於詩人內心之眞性情與深刻的領
悟，自然入詩而不覺其腐。第四、沈氏反對不就詩歌背景、意境而斷
章取義、穿鑿附會的解詩方式，如權德輿對於「池塘生春草」句附會
之解，完全忽略了詩歌中表現一個久病臥床之人在初春偶登樓時敏銳
的感觸，沈氏認爲權德輿的解詩方式實不可取。

　　綜觀沈氏之論謝靈運，重在謝詩是在鉤深索引、慘澹經營之下又
能合乎自然，以理語入詩又不覺其腐，造語新俊又能觸境自得，足見
沈氏論詩仍重以自然新俊爲主，不喜雕琢繁縟毫無內涵之詩。

（三）鮑　照

　　沈氏評鮑照者如下：

> 明遠樂府，如五丁鑿山，開人世所未有，後太白往往效之。
> 五古意在顏、謝之間。抗音吐懷，每成亮節，其高處遠逸機、
> 雲，上追操、植。五言古雕琢與謝公相似，自然處不及。

〈代東門行〉：（代猶擬）「食梅常苦酸」一聯，與青青河畔

草篇忽入「枯桑知天風，海水知天寒」一種神理。

〈代出自薊北門行〉：明遠頗能爲抗壯之音，頗似孟德。

〈代淮南王行〉：怨恨愛并在一句中，是樂府句法，下築城句是樂府神理。

〈代春日行〉：聲情駘宕。末六字比「心悦君兮君不知」更深。

〈擬行路難〉：（四章）妙在不曾説破，讀之自然生愁。起手無端而下，如黃河落天走東海也，若移在中間由是恆調。

（總）：悲涼跌宕，曼聲促節，體自明遠獨刱。

〈梅花落〉：以花自聯上嗟字成韻，以實字聯下日字成韻，格法甚奇。

〈登黃鶴磯〉：出語蒼堅，發端有力。

〈發後渚〉：琢句寧可生澀，不肯近凡。

〈擬古〉：擬古諸作，得陳思太冲遺意。

〈紹古辭〉：（二章）易旌爲旗，古人有此種強押。

〈遇銅山掘黃精〉：清而幽，謝公詩中無此一種，此唐人先聲也。

〈翫月城西門廨忠〉：少陵所云俊逸，應指此種。

鮑照詩今存二百多首，從形式上來看，擬樂府和擬古詩佔一半以上，擬古本是魏晉文人傳統，但由於東晉玄言詩興盛，所以只有陶淵明繼承此一傳統，宋代又再度出現擬古的傾向，其中以鮑照數量最多，他極力恢復漢魏古詩抒情言志的傳統，使建安詩人少年豪氣與建功立業精神再現，並開創了邊塞詩，在詩歌內容題材上頗有貢獻。依沈氏之評可歸納出幾點：第一、鮑照樂府詩像〈代出自薊北門行〉和〈擬古〉諸作再現建安詩人少年豪俠的意氣（如陳思王的〈白馬篇〉）和建功立業的精神（如曹操的〈短歌行〉），這類題材表現詩人有經世濟民、冀求見用於世，而一展長才的大我之志，沈氏對於這類題材頗爲重視；第二、鮑照自樂府民歌中找出規律，變逐句用韻爲隔句用韻，並

自由換韻，創造出〈擬行路難〉十八首如此全新的七言雜樂府體，是前所未有的，以備言世路艱難和離別傷悲之意爲主旨，七言爲主，間有雜言和騷體句，各篇的形式不一，風格豐富多樣；第三、鮑照的五言擬古詩不如七言的氣勢和聲情，雕琢處不如謝靈運自然；第四、鮑照某一些五言樂府有意用漢魏渾樸的語言汰去浮靡的雕藻，如〈發後渚〉的琢句寧可生澀，不肯近凡，〈遇銅山掘黃精〉的清幽等皆可見其苦於索景、深於取象的特點。第五、鮑照樂府對於唐代詩人尤其是李白在體裁和風格方面影響甚大。

二、齊、梁：謝朓、沈約、江淹、何遜

> 齊人寥寥，玄暉獨有一代，元長以下無能爲役。

> 蕭梁之代，風格日卑，隱侯短章，猶存古體。文通、仲言，辭藻斐然，雖非出群之雅，亦稱一時之作者。

（一）謝　朓

　　齊永明年間，竟陵王門下的文人集團，將詩歌追求形式美更進一步的發展，他們在聲律與駢麗排偶上刻意講求，而當時有「永明體」之稱，除了謝朓外，其餘作品皆受時代風氣影響，缺乏可觀之作。謝朓詩中多名句，鍾嶸《詩品》說他「一章之中，自有玉石，然奇章秀句，往往警遒」，鍾惺《古詩歸》卷十三也說：「謝朓往往以排語寫出妙思」，王夫之在《古詩評選》卷五中亦說：「語有全不及情，而情自無限者。心目爲證，不恃外物故也。『天際識歸舟，雲中辨江樹』（〈之宣城郡出新林浦向板橋〉）隱然依含情凝眺之人，呼之欲出」，他們都說謝朓善於用排語麗句寫出令人激賞的句子，後人往往從他詩中摘取佳句並加以傳頌，王夫之更進一步指出，謝朓明秀之句中，隱然含情，所以能更加感人。沈氏在評詩時也特別注意含蓄蘊藉的表達方式，如他評謝朓：

> 玄暉靈心秀口，每誦名句，淵然泠然，覺筆墨之中，筆墨之外，別有一段深情妙理。

沈氏評謝朓其他的詩，多重其情語之含蓄蘊藉，如評〈金谷聚〉：「別離情事以澹澹語出之，其情自深」，〈同王主簿有所思〉：「即景含情，怨在言外」，謝朓之情語，不是直出胸臆，潑灑而出，乃如細涓慢流，語淡而情深，其餘響自然無窮，能使人細細品味其言外之意。如改用魏晉樂府舊題的〈玉階怨〉：

　　　夕殿下珠簾，流螢飛復息。長夜縫羅衣，思君此何極？

沈氏評曰：

　　　竟是唐人絕句，在唐人中為最上者。

〈玉階怨〉在聲情語調上接近南朝樂府民歌，從深宮夜景之一隅，忽明忽滅的螢火和獨自縫羅衣的身影中隱含著和長夜一樣無極無盡的怨思，全篇興象玲瓏，意至深婉，雖不著一個怨字，卻讓人感受到言外流露出怨意，正是沈氏所說的「淵然泠然，覺筆墨之中，筆墨之外，別有一段深情妙理」，同時謝朓用簡明的語言概括了情意，正是新體小詩主要的特色，謝朓可以說是古詩過渡到唐詩的關鍵人物，沈氏在評詩也針對這一點加以說明，提醒讀者注意這種變化。另一方面也可見沈氏重視詩歌作品中含蓄蘊藉、委婉表達深情的內涵。

　　至於梁代，沈氏於卷十二簡文帝下云：

　　　詩至蕭梁，君臣上下惟以艷情為娛，失溫柔敦厚之旨，漢
　　　魏遺軌，蕩然掃地矣，故所選從略耳。

在前面論沈氏選詩標準時也提到過，南朝君主，大多愛好、獎勵文學，君臣上下，競豔爭奇，將詩文做為宮廷的娛樂消遣品，詩文中反映了當日君臣荒淫無度的生活，這些作品在宋、齊時代已有不少，到了簡文帝蕭綱，幾乎傾力於用華美詞句來掩飾淫濫內容之作，《南史·簡文本紀》說：「辭藻豔發，博綜群言。……然帝文傷於輕靡，時號宮體。」像這些充滿艷情的詩歌，缺乏漢魏詩歌傳統精神和詩歌基本價值，所以沈氏也都不予選錄。而從他對梁元帝作品評論如〈詠陽雲樓簷柳〉：「詠楊柳諸唐人佳句甚多，然不如梁元二語，有天然之致」，評〈折楊柳〉：「連上篇，此種音節，竟是五言近體矣，古詩之亡，亡

於齊梁之間。」亦可知沈氏指示出詩體的形成與發展，乃是逐步漸進的，這是沈氏從詩史的角度加以評論，讓讀詩者明白詩歌演進的歷程。

（二）沈約、江淹、何遜

沈氏評沈約云：

> 家令詩，較之鮑、謝，性情聲色轉遜一格矣，然在蕭梁之代，亦推大家，以篇幅尚闊，詞氣尚厚，能存古詩一脈也。
>
> 爾時江屯騎、何水曹各自成家，可以鼎足。
>
> 水部名句極多，然漸入近體。

如沈氏評〈直學省愁臥〉：「詩品自在，是文選體。」又如〈別范安成〉：

> 生平少年日，分手易前期。及爾同衰暮，非復別離時。勿
> 言一尊酒，明日難重持。夢中不識路，何以慰相思。

沈約將漢魏古樂府改成五言八句，為梁代的新體詩提供了一種常用的新體裁，沈氏在《古詩源》中選取了〈臨高臺〉和〈夜夜曲〉作為代表，〈臨高臺〉聲情綿綿，句意連屬；〈夜夜曲〉則以一夜中景物的變化，暗示思婦愁苦的心情，以言情含蓄委婉而見新意。這首〈別范安成〉的新體詩從少年的輕別寫到老年黯然的離別心境，用《韓非子》中張敏夢中尋友迷途而回的典故，卻不露用事痕跡，語近言淺，有漢魏的渾厚之音，所以沈氏評曰：「一片真氣流出，句句轉，字字厚。去〈十九首〉不遠」，前面沈氏總評所說「能存古詩一脈」大概就是指這首詩的風格而言，同時也顯示沈氏重視沈約能繼承漢魏詩歌樸實的語言和真摯的性情，運用比興手法來保留古詩渾厚之體，足見沈氏以〈十九首〉作為價值和審美的標準。

江淹是歷經宋、齊、梁三代的詩人，以擅長模仿而聞名，它的詩其實未脫顏、謝之氣，用詞富麗，深於用典，卻僅得其平處，未能用其佳處。如他所做的〈雜體詩三十首〉就是充分展現他模擬才能的極大成之作。其中〈陶徵君潛田居〉沈氏評曰：「得彭澤之清逸矣」。沈氏對江淹之評：「文通頗能修飾，而風骨未高。」〈休上人怨別〉：「有佳句」，〈效阮公詩〉：「能脫當時排偶之習，然較之阮公，相去不可數

計。」皆可見江淹風格及詩歌內涵；又評何遜：「仲言詩雖乏風骨，而情詞婉轉，淺語俱深，宜爲沈、范心折。陰何並稱，然何自遠勝。」從詩中具體評論像〈宋韋司馬別〉：「每於頓挫處，蟬聯而下，一往情深」，〈與蘇九德別〉：「末四句，分頂秋月春草，隨手成法，無所不可」，〈慈姥磯〉：「己不能歸，而忘他舟之歸，情事黯然」，江淹、何遜詩歌內涵缺乏像魏晉的風標骨力，故振采無力，但尚能從佳句中見些許情韻，所以二人未能成爲當代的「出群之雄」。

三、陳：陰鏗、徐陵

> 陳之視梁，亦又降焉。子堅、孝穆，並以總持，略其體裁，
> 專求名句，所云差強人意者耶。

陳代因陳後主沉緬於聲色之中，當時作品風格之淫靡墮落，又較梁等而下之，陰鏗、徐陵等人詩格雖不高，但工於琢句，因此詩中也常有佳句可傳，如沈氏評陰鏗說：「詩至於陳，專工琢句，古詩一線絕矣。少陵絕句云：『頗學陰何苦用心』，又〈贈太白詩〉云：『李侯有佳句，往往似陰鏗』，此特賞其句，非取其格也。」陰鏗與何遜都善於寫行旅送別和水上風光，不過陰鏗構思新穎，色彩明麗，聲調響亮，意境較爲廣闊，和何遜的纏綿悠柔不同。徐陵樂府中一部分的邊塞詩，融合了他在北朝的生活經驗，頗有滄涼蕭瑟之氣，如〈出自薊北門行〉：

> 薊北聊長望，黃昏心獨愁。燕山對古刹，代郡隱城樓。
> 屢戰橋恆斷，長冰塹不流。天雲如地陣，漢月帶胡秋。
> 漬土泥函谷，接繩縛涼州。平生燕頷相，會自得封侯。

「天雲如地陣，漢月帶胡秋」二句就顯得意境壯闊、聲調沉鬱，命意新警，對仗工整，故沈氏於詩後評「巧句」。陳詩雖在內容題材上較無可觀處，但其對於唐人之影響則不可忽視，此亦唐詩之上源，沈氏仍從詩歌歷史發展的角度看待其價值。又如評江總〈遇長安史寄裴尚書〉：「薄有清氣，急當收入。總持更有〈遊攝山〉詩中云：『荷衣步林泉，麥氣涼昏曉』，亦佳句也。」由此也可見沈氏於梁、陳所收有佳句之詩，大多以有清氣者爲主。

第六節　北朝、隋

梁時橫吹曲，武人之詞居多，北音鏗鏘，鉦鐃競奏，〈企喻歌〉、〈折陽柳〉歌詞、〈木蘭詩〉等篇，猶漢魏人遺響也。

北朝詞人，時流清響。庾子山才華富有，悲感之篇，常見風骨，所長不專在造句也。徐庾並明，恐孝穆華詞，瞠乎其後。

隋煬帝艷情篇什，同符後主，而邊塞諸作，矯然獨異，風氣將轉之候也。

楊處道清思健筆，詞氣蒼然，後此射洪、曲江，啟衰中立，此為之勝廣也。

一、北朝：庾信

北朝文學作品，以樂府民歌為勝，北朝文學關乎其生活背景和民族性，呈現和南朝文學不同之風格，沈氏評〈企喻歌〉：「有同袍同澤之風」，〈琅琊王歌詞〉：「正意在前，喻意在後，古人往往有之」，〈隴頭歌詞〉：「奇語」，〈木蘭詩〉：「事奇詩奇，卑靡時得此如鳳凰鳴、慶雲見，為之快絕。」沈氏以「奇」字評與南朝風格不同的北朝詩，在於北方的詩歌語言特色「詞意貞剛，重乎氣質」，也約略可以看出北朝風格獨特之處，至於後來南北政治通好之時，其後詩人亦約略受南朝唯美風氣的影響。

北朝的庾信，在陳、隋間詩人中脫穎而出，一方面在於他擅於造句，另一方面在於他身處北地的戚然之感，詞生於情，氣餘於采而見其風骨。在造句方面，他不同於六朝詩家之處，乃在於「造句能新，使事無迹」，造句要能新，就要活用句法，不拘泥於字句之中，要由字句外求其意境，方見好句。沈氏列舉其佳句，並以杜甫詩說李白得其他的風格清新：

陳、隋間人，但欲得名句耳，子山於琢句中，復饒清氣，故能拔出於流俗中，所謂軒鶴立雞群者耶。子山詩固是一時作手，以造句能新，使事無迹，比何水部似又過之，武

陵陳胤倩謂「少陵不能青出於藍，直是亦步亦趨」，則又太甚矣。名句如〈步虛詞〉云：「漢帝看核桃，齊侯問棗花」、〈山池〉云：「荷風驚浴鳥，橋影聚行魚」、〈和宇文內史〉云：「樹宿含櫻鳥，花留釀蜜蜂」、〈軍行〉云：「塞迴翻榆葉，關寒落雁毛」、〈法筵〉云：「佛影胡人記，經文漢語翻」、〈訓薛文學〉云：「羊腸連九阪，熊耳對雙峰」、〈和人〉云：「早雷驚蟄戶，流雪長河源」、〈園庭〉云：「樵隱恆同路，人禽或對巢」、〈清晨臨汎〉云：「猿嘯風還急，雞鳴潮欲來」、〈冬狩〉云：「驚雉逐鷹飛，騰猿看箭轉」、〈和人〉云：「絡緯無機織，流螢帶火寒」、〈詠畫屏〉云：「石險松橫植，岩懸澗樹流。愛靜魚爭樂，依人鳥入懷。」、〈夢入堂內〉云：「日光釵影動，窗影鏡花搖」，少陵所云清新者耶

二、隋：隋煬帝、楊素

沿至於隋，沈氏於煬帝下評：「煬帝詩能做雅正語，比陳後主勝之。」又於〈飲馬長城窟行〉、〈白馬篇〉評：「二章氣體自闊大，而骨力未振起，故知風格初成，菁華未備。」皆指其邊塞之作能別於其他艷情之體。評楊素云：「武人亦復奸雄，而詩格清遠，轉似出世高人，真不可解」，評其〈贈薛播州〉：「（首張末句：干戈異革命，揖讓非至公）落句是奸雄語，曹孟德時或有此。」（三章）：「植林一聯言己與薛各奮事功，遣詞甚雅」（總評）：「從天下之亂說到定鼎，次說求材，次說立朝，次說薛之出守，誦其政成，次說己之歸閑，末致相思之意，一題幾章須具此章法。未嘗不排，而不見排偶之迹，骨高也」。關於楊素詩歌及人品之論我們在前面已討論過，於此不贅言。此二人在陳、隋宮體艷情之外，為詩壇帶來一些新氣象，也為即將轉變風氣的唐朝帶來一些徵候，不過沈氏將之比為揭竿而起的陳勝、吳廣，就顯得過於誇張，倒是以詩歌發展的角度不忽視陳、隋作為唐詩歷史之源的價值，這一點是值得肯定的。

第五章　結　論

一、《古詩源》呈現的沈氏詩觀

從沈德潛《古詩源》的編選動機和實際的選詩過程，來觀察沈氏主張的詩論及他對漢魏六朝詩歌批評與鑑賞的觀點，其外在條件即《古詩源》編選的動機和形式，其內在條件即沈氏對各代詩人詩作的選評，可以歸納出《古詩源》所隱含的詩觀有三方面：一是詩教觀，二是詩史觀，三是創作觀。

（一）《古詩源》之詩教觀

沈氏在《古詩源》序中就明白的揭示自己編《古詩源》是為了挹助詩教，他說：

> 蓋以編詩，亦以論世，使覽者窮本知變以漸窺風雅之遺意。猶觀海者由逆河上之，以溯崑崙之源，於詩教未必無稍助也。

而沈氏所說的詩教的主要內涵為何？他在《說詩晬語》卷上第二篇說：

> 詩之為道，可以理性情、善倫物、感鬼神、設教邦國、應對諸侯，用如此其重也。

從儒家以「詩言志」為詩歌本質的立場而言，情與志的抒發都要從個人轉向對所處的社會、國家的關懷，詩歌才有其價值和意義，也才能

引發共鳴而感化人心，而從詩人抒發情志的態度上言，關乎詩人的性情修養，所謂「心平者無競氣」，儒家基本上以「溫柔敦厚」的表達方式來體現詩人的性情修養，同時詩人以「溫柔敦厚」的詩歌使讀者感發，對於理想人格的陶冶和塑造有教化上的意義，沈氏論詩基本上抱持這種觀點，並落實在他選詩和評詩的行動，筆者歸納第三、四章形式和內容的分析，從作品和評語為例，分幾點來加以印證和說明：

第一、五言詩始祖和標準的蘇李詩和《古詩十九首》繼承《詩經》風雅傳統而體現了溫柔敦厚的極則，如沈氏評《十九首》中的〈冉冉孤生竹〉：「悠悠隔山陂，情已離矣，而望之無已，不敢做決絕怨恨語，溫厚之至也。」和李陵〈與蘇武詩〉：「此別用無會期矣，卻云弦望有時，纏綿溫厚之情也」，雖然事與願違，詩人仍秉持著善良淳厚之心而不出絕情怨恨之語，或以崇德修身來期待美好未來，正是漢代詩人溫和厚道之情，具體呈現於詩歌語言中，沈氏對於這種言情款款而神遠意長的詩風特別重視，因為無生硬的說教或過分誇張的情感，在溫柔和平的氣氛中使讀者漸受浸漬而受到感化，進而達到陶冶人格性情的教化功能。

第二、沈氏強調詩歌內涵要「言有物」，所謂的「言有物」指的是要本於性情，關乎人倫日用及古今成敗興壞之故者，而本於性情者，沈氏亦曾說詩之真者在性情，故能表現性之真、情之深者，亦能感人，即沈氏所謂「不務勝人務感人」，從創作者真實豐厚的胸襟和性情上去陶冶教化眾人，也是沈氏以詩教論詩的要點之一。性之真者如陶淵明，而情之深者如卷三評漢詩蘇伯玉妻〈盤中詩〉：「使伯玉感悔，全在柔婉，不在怨怒，此深於情，似歌謠似樂府，雜亂成文，而意忠厚千秋絕調。」評蔡琰〈悲憤詩〉：「在東漢人中力量最大，使人忘其失節，而祇覺可憐，由情真亦由情深也」等，皆可見沈氏評詩時，注重詩人以真性深情感人之處，反對徒辦浮華、叫號撞唐或毫無生韻如剪綵花的詩歌。

第三、詩人在其生命歷程中，會遭遇到一些心靈上痛苦、悲歡、

榮辱、激盪、震撼，不管是個人處境或國仇家恨，都應怨而不怒，即使有怨，也應怨得其正，而所謂怨得其正，就是要合於儒家所說的「發乎情，止乎禮」。像陳思王曹植空有一番報國之志卻受到曹丕父子的政治迫害，內心之悲憤發抒於詩，沈氏評其〈吁嗟篇〉云：「遷轉之痛至，願歸糜滅，情事有不忍言者矣，此而不怨，是愈疏也，陳思之怨，唯獨得其正」，〈棄婦篇〉：「怨而委之於命，可以怨矣，結希恩萬一，情越悲詞越苦。」沈氏以詩教觀點來理解曹植之怨，說其怨得其正、委之於命等等，雖爲近代某些學者評爲太過迂腐，但沈氏之觀點也不無可取。

第四、從詩教觀點而言，不僅要言有物，還要「言有則」，如評卷四漢詩〈古詩爲焦仲卿妻作〉：「別小姑一段，悲愴之中，復極溫厚，風人之旨，故應爾耳，唐人作〈棄婦篇〉，直用其語，云『憶我初來時，小姑始扶床，今別小姑去，小姑如我長』，下忽接二語云：「回頭語小姑，莫嫁如兄夫」，輕薄無餘味矣，故君子立言有則」。評曹植〈聖皇篇〉云：「處猜嫌疑貳之際，以執法歸臣下，以恩賜歸君上，此立言最得體處」，所謂「立言有則」或「立言得體」，一方面指在內容上要合乎道德，在形式上要委婉含蓄，反之若流於「輕薄」，則詩歌韻味全無，亦會破壞溫柔敦厚之詩教，沈氏一再強調這一點，就是基於欲正詩風之故也。

第五、沈氏在各代詩人之後採錄歌謠，謂「觀此可以知治忽、驗盛衰」，這和他強調詩歌有教化作用的觀念相符，所以他在選詩時也收錄了當代流行之歌謠、俚語，認爲民間歌謠反映人民的心聲，統治者可以藉由這個管道得知民心向背或民生疾苦，甚至，從一些具有諷刺的歌謠俚曲中，得到警惕。一般詩歌選本，對於這種民間諺語歌謠，從文人選詩的角度可能認爲過於俚俗或粗鄙而不選，但沈氏不輕忽來自民間的聲音，認爲民間歌謠從「下以諷上」的角度，有其政教之功能，這也是沈氏從詩教觀點選詩和其他選本不同之處。

第六、沈氏認爲詩歌的內涵和價值與詩人本身的人格有直接的關係。沈氏論詩強調溫柔敦厚，溫柔敦厚自古以來就是儒家陶冶人格的價

值取向，從儒家詩學的立場來看，詩歌能有教化的功能，主要來自詩歌具有溫柔敦厚的特質，詩歌能有這種性質，乃是取決於詩人的性情，詩人性情之正，則詩歌亦能表現出其人格高尚之處，若人格低劣，所作的詩也就無可取。典型的例子是沈氏對陶淵明和陸機、潘岳的評論。

第七、自宋以來強調回歸儒家以倫理價值為核心的詩學，沈氏可說是這一運動的集大成者，他堅持以詩教觀點來選詩、論詩和評詩，對於儒家詩學的發展可說有一番貢獻，從積極方面而言，有助於人們對能傳之久遠、引發人類生命共同情感生發的詩歌題材予以重視，但從消極方面來說，過度標舉單一的詩歌價值觀，就意味著對於一切與之不同的價值觀或藝術風格及表現，可能遭到排斥，這相對的也會使這樣的詩歌價值觀趨向狹隘與偏執，當然反對和批評也會隨之而來，甚至危及這一價值觀的存在。如袁枚在〈答沈大宗伯論詩書〉中就否認了詩教至尊的地位，反對以詩教來規範詩歌等。這無形中也提醒著我們，在詩歌鑑賞和批評時應避免走向單一價值的觀點去選詩、評詩和教詩，要試著從多元角度加上符合現代意義的觀點入手，才能發現古典詩歌的價值，重啟其創新的生命。

（二）《古詩源》之詩史觀

沈德潛詩歌理論中重視窮本溯源的觀念，主要是來自其師葉燮詩論的影響。這也是沈德潛在編選《古詩源》時所建立之準則，重源流發展才能上溯其源，以「窺風雅之遺意」。沈氏編《古詩源》的動機之一，即是看出詩歌發展的過程中，有源有流，有正有變，而唐詩之所以盛，是有詩歌自身演進的歷史意義，明前後七子就是因忽略了詩歌自身演變的歷史，才會拘守唐格，以致流於粗糙的模仿，沈德潛推究他們之所以備受後代批評的原因，就是他們不懂得由唐詩上溯詩歌精神之本源。沈氏溯唐詩之「源」，這個源一方面是「歷史的源」，即詩歌隨時代變遷而產生變化，另一方面則是「價值之源」，以《詩經》「風雅」作為準則。從歷史之源論，故沈氏不廢齊、梁之綺縟和陳、

隋之輕艷，即是考慮詩歌演進的歷程。

其次，沈氏對於個別作家在作品的形式和內容方面縱向影響後代詩人，也呈現出對個別作家的縱向詩歌史觀，如他在評論個別作家時，常出現「源於此」、「奪胎於此」、「……第一首」、「從……化出」、「開……一派」的說法，〔註1〕如蘇武〈詩四首〉第一首：「盧子諒云：『恩由契闊伸，義隨周旋積』奪胎於『恩情日以新』句，而此殊渾然」，所謂的奪胎是《冷齋夜話・卷一》記山谷云：「窺其意而形容之，謂之奪胎法。」是指不易其意而造其語，也叫換骨法。又如張衡〈四愁詩〉：「心煩紆鬱，低徊情深，風騷之變格也。少陵七歌原於此，而不襲其迹，最善奪胎」等都是沈氏在評論時強調個別作家吸收前人之創作經驗或對後代作家之影響，沈氏重「源」之詩觀，又可從此看出。

再者，從他對各代詩風和體裁的評述，除了可以看出詩歌源流正變的發展軌跡外，還能得知從沈氏觀點中理想詩歌的典範，如漢代四言和魏晉四言各有不同的體式，如評韋孟〈諷諫詩〉：「肅肅穆穆，漢詩中有此拙重之法，去變雅未遠。」卷六魏詩嵇康下說：「叔夜四言，時多俊語，不模仿《三百篇》，允爲晉人先聲。」評陶淵明四言：「他人學《三百篇》，癡而重，與風雅日遠。此不學《三百篇》，清而腴，與風雅日近。癡重二字，求之潘張二陸四言詩，尤往往見之，亦足見陶公四言之不可及。」而五言詩如以蘇李詩和《古詩十九首》爲標準，及鮑照樂府對七言興起的貢獻等等。

由此，加上前面幾章的分析，歸納出幾個要點：一、沈氏注重詩歌發展史，從歷史和風雅傳統的角度溯唐詩之源。二、各朝代詩歌的發展從風雅傳統的角度言，詩運之升降乃是自漢魏以後漸降。三、各代詩歌發展與個人獨特成就並不等同。四、重視個別詩人創作技巧的前後相承。五、詩歌發展史同時亦是詩體演變史，其中又可見沈氏個人認爲各體制的理想典範。

〔註 1〕 見附錄一。

（三）《古詩源》之創作觀

在詩人創作的先決條件上，沈德潛認為詩人的胸襟氣度恢弘寬闊，其詩作必不會侷促於個人情志，視角與境界更是能縱博古今、超俗拔塵。此襟抱一方面是從學中培養識，另一方面來自人生閱歷。沈德潛主張詩人之才、學、識，以學為先務。此外，在沈德潛〈與陳恥庵書〉中亦言：「詩道之實其氣，在根柢於學。」並舉從唐以上歷代傑出文人，如顏延之、謝靈運、陶淵明、曹植等，無不是如此。「蓋能根柢於學，則本原醇厚，而因出之以性情之和平，將卓爾樹立，成一家之言；無不受風氣之轉移，而可轉移乎風氣，此實其氣之說也。」〔註2〕有學作為根基，根基深厚就有成一家之言之「力」，亦有明辨是非高下、不隨波逐流甚至能主導風氣之「識」。沈德潛在〈答滑苑祥書〉中亦云：「不多讀書則絕其原；不得師友輔翼則迷其途；不定灼然不變之識，則是非毀譽得以淆其中。」足見沈氏認為以多讀書為原，有師友輔助則道正，更要於其中培養自我定見、卓越見識，才不至於是非混淆。

在創作技巧之運用上，沈氏認為雖在字、句、章法上，有其基本準則，但應就詩歌整體風格氣勢來加以變化，不應死守成法。漢魏古詩有渾然一體的氣象，無論內容或形式上，都能形成一種神化之境；晉以下，多重字句雕琢，因此在整體格局氣勢上，就不如漢魏古詩之渾然，而多佳句麗語可尋，此乃是詩歌發展之變化。〔註3〕沈氏評詩時，除重大局亦重細節，故在局部之創作技巧上亦有其評判之基準，如用字方面，陶潛〈時運四章〉首章：「有風自南，翼彼新苗」，沈氏評曰：「『翼』字寫出性情。」陶淵明用這個「翼」字，將根苗被南風吹舞的姿態靈活的展現在我們眼前，同時也象徵著陶淵明內心世界的平和和歡欣，所以沈氏說這個「翼」字，寫出了陶淵明的性情。在造

〔註2〕　〈與陳恥庵書〉，《歸愚文鈔》卷十五，《彙編》頁408。
〔註3〕　《說詩晬語・卷上・五十九》：「漢魏只是一時氣旋，晉以下始有佳句可摘。此詩運升降之別」，頁138。

句方面，從古人詩中化出之句，更要襲其意而不摹其句，如沈氏評陶潛〈九日閑居〉：「世短意常多」即所云『生年不滿百，常懷千歲憂』也，鍊得更簡更遒，後人得古人片言，便衍作數語」。在章法方面，沈氏認爲詩歌發端貴「矯健」、「雄傑」、「無端而下」、「奇峭」、「飄逸」，他在《說詩晬語》中也說歌行起步宜「高唱而入」。用韻聲律方面，沈氏注重其與詩歌整體氣勢、情感的配合，即使不入韻之處仍有其特色，尤其樂府詩在轉韻、換韻處也往往是詩意迴環轉折處，〔註4〕而魏文帝的〈燕歌行〉雖句句用韻，看似單調，但配合詩意、詩境、詩情來看，正是描寫思婦悲涼情緒的節奏，清商琴曲的短促纖微，不僅能盡其孤寂之感，更烘托出一種和柔敦厚的情思。

整體而言，沈氏頗看重前代作家在詩歌技巧的活用與變化，從前面談到如「鍊字前先鍊意」等，或是對於他推崇陶淵明、謝靈運等人，造語寫意高超的境界，都可以看出他強調創作技巧的靈活運用，即《說詩晬語》中所說的「神明於變化之中」。

二、《古詩源》之缺失

沈德潛的《古詩源》主要以端正詩風並提倡溫柔敦厚的詩教爲主，這本選集隱含著沈氏重要的詩歌理論及價值觀，沈氏的評語及他所標舉的唐以前成就較高的詩人及其代表作，在中國古典詩歌批評上有其重要的價值，然而，就沈氏編選《古詩源》時，同樣也有些缺失筆者仍要提出來，以作爲研究者的參考。第一、過度標舉一種價值來評詩，容易導致對其他價值的排斥，使觀點容易走向偏狹，像沈氏對於某些愛情相思題材之作，將之歸爲人臣託言思君之詞，如他評〈鐃歌十八曲〉中的〈有所思〉一首，明言是「人臣思君而託言者」，那種相思不得的怨恚與君臣不合的鬱憤，雖在本質上有相合之處，批評

〔註4〕 《說詩晬語・卷上・四五》：「樂府之妙，全在繁音促節，其來于于，往往於迴翔曲折處感人，是即依永和聲之遺意也。齊梁以來，多以對偶行之，而又限以八句，豈復有詠歌嗟嘆之意耶？」頁102。

者因而習慣將愛情作品沿「美刺比興」的方向詮釋解讀，加強了古典詩學社會性批評的趨向，進一步又促使後代以相思寄託的創作傾向，而創作又反饋、強化了這種批評模式。不過，從多元欣賞角度，還是要指出沈氏對於〈有所思〉和其他類似主題的評論，基本上就呈現了偏執於社會性闡釋而漠視相思之作原型意味及其內在系統的評論取向，所以，這也是近人常批評沈氏之處。又如〈東門行〉，原詩的結尾「今非！咄！行！吾去為遲，白髮時下難久居」，表現了人民於貧困中被迫起來抗爭的現實，晉代統治者在演奏時，結尾換成「今時清廉，難犯教言，君復自愛莫為非。行！平慎行，望吾歸」，沈氏採用這個結尾，雖然有所謂勸善的效果，卻失去原詩中反映人民受迫的口吻和所發出的悲嘆效果，所以若一味強調所謂「溫柔敦厚」的政教觀點，難免會出現一些偏失。第二、沈氏論詩人風格時，與鍾嶸的看法有不同的見解，這些評論有些也未必客觀，如前面提到他不贊成鍾嶸說陶淵明出於應璩之說以及鍾嶸評郭璞非列仙之趣等論題，沈氏的評論未必妥當。第三、針對偽詩及作者的問題，沈氏選偽詩雖說是因詞旨可取，加上蘇李詩的作者問題也未加以說明，就一本要探源索津的詩選集而言，沈氏在這個問題的處理上就顯得不夠謹慎。

三、《古詩源》對當代的影響

《古詩源》雖然有上述的缺失，但它的影響是不容忽視的。《古詩源》編選完成後因政治因素（沈氏受徐述夔一案牽連）而未受到應有的重視，但沈氏對古詩的價值觀，如主格調兼容神韻而強調以性情優先，以溫柔敦厚為古詩精神之所在，及以回溯詩教傳統作為詩歌發展的指標，這些詩學觀念對於同代的詩論家有很大的啟發和影響。如和沈氏同代的李重華，對音、象、意的肯定實與沈德潛的詩論有共通之處，又如重視音律的作用，肯定比興的手法、提倡含蓄的意蘊，本於詩教原則的角度看待香奩艷情之作，皆與沈氏相契合。又如和沈氏同樣強調「詩言志」傳統命題的紀昀，於論詩時說：

> 詩之始見《虞書》，詩言志之旨亦見《虞書》。孔子刪《詩》，
> 傳諸子夏，子夏之〈小序〉，誠不免漢儒之附益，其〈大序〉
> 一篇，出自聖門之授受，反覆申明，仍不出言志之意，則
> 詩之本意可知矣。〔註5〕

紀昀對「詩言志」的理解是從統一情與理的角度出發，要發乎情、止
乎禮，合乎溫柔敦厚詩教之原則，使情感在理性的規範下適當的表
現，詩歌要抒情，又要以理性規範，使情感具有道德意義，使個人情
感能和社會性達到統一。他和沈德潛、李重華一樣，肯定情感在詩歌
創作中的意義，但不滿專於艷情的風氣，同時也認爲陸機所謂的「詩
緣情而綺靡」是艷情詩的創始者，但對適當而眞摯表現男女之情者如
〈孔雀東南飛〉則加以肯定。清代自沈氏將儒家詩歌價值傳統加以統
整之後，紀昀可說是繼沈氏之後將這個基本價值觀念予以傳承者，雖
有其當時政治道德的特殊時代含義，而他們強調詩歌情理的結合，仍
可作爲今天文學理論及欣賞之參考。

此外，在「詩即其人」和「詩品關乎人品」的問題上，沈德潛堅
持詩人人品不但決定詩歌的道德品格，同時也決定詩歌的審美品格，
紀昀也認爲如此。他說「心術正則詩體正」，並舉陶淵明爲例，他和
沈氏同樣認爲陶淵明詩格之高取決於其人品之高。〔註6〕

再者，沈德潛詩學中出現反省明代詩學像七子、公安、竟陵等流
派之缺失，並對他們的主張加以綜合，紀昀的詩學也同樣體現了對這
個問題的反省，強調在模擬漢魏盛唐傳統時應結合新變，在這議題
上，紀氏可以說是受到沈德潛的影響。

四、《古詩源》對古典詩歌教學的啓發和反思

沈德潛對於古詩的內涵和價值主要放在對詩教傳統的繼承和發
揚，雖然現代學者對於這幾點已予沈氏嚴厲的批評，但沈氏編選《古

〔註 5〕 〈詩教堂詩集序〉，《紀文達公遺集》卷九。
〔註 6〕 〈郭茗山詩集序〉，《紀文達公遺集》卷九。

詩源》重視詩歌發展線索並特別注意在每一階段中承先啓後的詩人，其評論詩人的得失與詩歌的藝術性實有可取之處，這些優點，使得沈氏這本古詩選集成爲清代以來流傳最廣、也成爲受到較多古典詩歌評論者在批評和鑑賞時引用其說法的選本。就《古詩源》在現代教學上的意義來說，筆者任教於高中時，認爲高中課程在中國古典詩歌的教學上，往往缺乏有系統的呈現詩歌發展史及重點作家的選本，高中課本各家的編者，介紹古典詩歌時，以分冊方式呈現，如高一以古詩和樂府詩爲主，高二以唐詩爲主，高三以宋詞和元曲爲主，對於漢魏六朝詩歌介紹僅以一兩、首詩歌簡單介紹，以國編本而言，通常置於最後一課，在學期末趕課時，甚至就被某些教師犧牲掉，略而不教，高中課程對漢魏六朝詩歌的介紹顯得十分貧乏且不足。從學生的立場而言，他們對中國古典詩歌僅停留在點的片面認識，缺乏一種縱向「史」的概念及橫向對各朝代的代表詩人、詩作的基本理解，尤其是對樂府詩和民間歌謠的認識可說十分貧乏，沈氏在《古詩源》中列入不少的民歌俗諺，不僅讓我們可以了解當代的民風與人情，對於喜愛現代流行歌曲的學生，更可以藉著民歌謠曲的介紹讓學生認識當時的「流行歌曲」的題材其實不光祇有愛情而已，而像現在大陸流行的「順口溜」也多少保存傳統謠、諺的風貌。另外，沈氏主張以「溫柔敦厚的詩教」來選詩，教學者也可以藉由這個主題來做古典詩歌的創意教學，讓學生在充滿物質、虛榮、虛擬、謊言、暴力、倫理失序、道德感普遍低落的現代社會中，感受像蘇李詩、《古詩十九首》、〈陌上桑〉等溫暖的人情、善良、機智的表現及和平的氣氛，同時對於人類生命中經歷的喜、怒、哀、樂，從古代詩人中受到感發並引起共鳴，進而受到如陶淵明高尚的人格所感動而重新產生嚮往企慕之情，所以《古詩源》中豐富的內涵加上溫柔敦厚的特質，正是給現代學生情意陶冶的最佳詩歌參考教材。

　　從教師的立場而言，大多數的學生對於中國古典詩歌的認知，較多停留在盛唐幾位較有名的詩人及詩作上，對於詩歌中化用的典故或

詩歌中技巧的運用往往僅是片面的吸收課本上的知識，教師若要給學生對於中國古典詩歌較整體的概念，光靠教師手冊和市面上的參考書是不夠的。《古詩源》能讓教師在面對龐雜的文史資料時快速又有效的查閱各朝代的代表詩歌及詩人，甚至是在經、史、諸子中的謠、諺、銘、辭、箴及民間歌謠等，都能在古逸及各朝代卷末中輕易的找到，在強調創意教學的今日，我們亦可以參考並運用沈氏在編選《古詩源》的經驗及觀點，自己製作有系統又重點突出的古典詩歌創意教學講義及活動，在面對今日多元入學考試試題的靈活及變化，教師更需要給學生對於中國古典詩歌的整體概念，同時培養學生鑑賞的能力和陶冶其人格，《古詩源》對於當今古典詩歌教學實亦有其現代意義存在。

今日學者對於《古詩源》的研究並不多見，本論文期望先作一基本分析之嘗試，欲從沈氏選詩、編詩和論詩的經驗，及其詩觀之探究，為現今古典詩歌的欣賞與教學提供參考。尤其國中、高中教科書開放以來，各校對於諸家選本的評鑑和取捨上莫衷一是，而國、高中國文課本中所選之古詩在題材和內容的深究鑑賞方面究竟應具備何種價值理念？沈氏的「溫柔敦厚」說是否可重啟現代人的心靈視野？其實沈氏所秉持的詩教觀，並非是在詩歌內容中刻意植入倫理道德的教條，而是一種生命情調，從詩歌整體的思想、感情和人格上形成對讀者優柔浸漬的感發作用，這種生命情調，是否能給今日科技教育下的學子帶來新的啟發？這些問題值得思考，尚祈有更多的研究者能作更深入的探究。

附 錄 一

《古詩源》中沈德潛評有關「源出於此」者：

卷一　古逸

〈禹玉牒辭〉：竟似歌行中名，語開後人奇警一派。

〈矛銘〉：末二句忽轉一韻，疊用兩句韻作結，唐人古體每每用之，其原蓋出於此。

卷二　漢詩

武帝〈柏梁詩〉：此七言古權輿，亦後人二句之祖也。

蘇武〈詩四首〉第一首：盧子諒云：「恩由契闊伸，義隨周旋積」奪胎於「恩情日以新」句，而此殊渾然。

李陵〈與蘇武詩三首〉：一片化機，不關人力。此五言詩之祖也。

華容夫人〈歌〉：杜少陵鬼妾、鬼馬等似從此化出。

昭帝〈淋池歌〉：「月低河」句已開六朝風氣。

班婕妤〈怨歌行〉：用意微婉、音韻和平，〈綠衣〉諸什，此其嗣響。

張衡〈四愁詩〉：心煩紆鬱，低徊情深，風騷之變格也。少陵七歌原於此，而不襲其迹，最善奪胎。

卷三　漢詩

樂府歌辭

〈江南〉：梁武帝作〈江南弄〉本此。

〈東門行〉：魏文〈豔歌何嘗行〉：「上慚滄浪之天，下顧黃口小兒」
本此，而語句易解。

卷四　漢詩

〈古詩爲焦仲卿妻作〉：共一千七百八十五字，古今第一首長詩也。
《古詩十九首》

〈行行重行行〉：「思君令人老」本〈小弁〉「維憂用老」句。

〈青青河畔草〉：用疊字，從衛碩人「河水洋洋，北流活活」一章
化出。

卷五　魏詩

武帝〈蒿里行〉：借古樂府寫實事，始於曹公。

卷六　魏詩

王粲〈七哀詩〉：此杜少陵〈無家別〉、〈垂老別〉諸篇之祖也。

應瑒〈侍五官中良將建章臺集詩一首〉：魏人公讌，俱極平庸，後
人應酬詩從此開出，篇中代雁爲詞，音調悲切，異於眾作，存此以
備一格。

阮籍〈詠懷〉：阮公〈詠懷〉，反覆凌亂，興寄無端，和愉哀怨，雜
集於中，令讀者莫求歸趣，此其爲阮公之詩也。必求時事以實之，
則鑿矣。其原自《離騷》來。

嵇康：叔夜四言，時多俊語，不摹仿《三百篇》，允爲晉人先聲。

卷七　晉詩

傅玄〈車遙遙篇〉：樂府中極聰明語，開張王一派，然出張王手，
語極恬熟。

陸機：士衡詩亦推大家，然意欲逞博，而胸少慧珠，筆又不足以舉
之，遂開出排偶一家，西京以來，空靈矯建之氣，不復存矣。降自
梁陳，專攻對仗，邊幅復狹，令閱者白日欲臥，未必非士衡爲之濫
觴也。

郭泰機〈答傅咸〉：通體寓言，諷傅之不能薦己也。老杜〈白絲行〉

本此。

卷九　晉詩

〈女兒子〉：說猿聲之悲始此。

卷十　宋詩

孝武帝：宋人詩曰流於弱，古之終而律之始也，無鮑、謝二公，恐風雅無色。

卷十一　宋詩

鮑照〈擬行路難〉：（四章）妙在不曾說破，讀之自然生愁。起手無端而下，如黃河落天走東海也，若移在中間，猶是恆調。

（總）：悲涼跌宕，曼聲促節，體自明遠獨刱。

〈遇銅山掘黃精〉：清而幽，謝公詩中無此一種，此唐人先聲也。

卷十二　梁詩

武帝〈西洲曲〉：續續相生，連跗接萼，搖曳無窮，情味愈出。似絕句數首攢簇而成，樂府中又生一體，初唐張若虛、劉希夷七言古發源於此。

附 錄 二

沈氏評詩人風格，引、辯前人之說：

一、引

1. 顏延年

卷六魏詩　阮籍〈詠懷〉　顏延年曰：「說者謂阮籍在晉文代，常慮禍患，故發此詠，看來諸詠非一時所作，因情觸景，隨興寓言，有說破者，有不說破者，忽哀忽樂，俶詭不羈。」

2. 惠　休

卷十宋詩　顏延之下：顏詩惠休品為鏤金錯采。

二、辯

1. 鍾　嶸

（1）卷七晉詩　張華：茂先詩，《詩品》謂其「兒女情多，風雲氣少」，此亦不盡然，總之，筆力不高，少凌空矯捷之致。

（2）卷七晉詩　左思：鍾嶸評左詩謂「野於陸機，而深於潘岳」，此不知太冲者也。太冲胸次高曠，而筆力又復雄邁，陶冶漢魏，自製偉詞，故是一代作手，豈潘、陸輩所能比埒。

（3）卷八晉詩　郭璞〈游仙詩〉：游仙詩本有託而言，坎壈詠懷，
其本旨也。鍾嶸貶其少列仙之趣，謬矣。

（4）陶潛：淵明以名臣之後，際易代之時，欲言難言，時時寄
託，不獨〈詠荊軻〉一章也，六朝第一流人物，其詩有不獨
步千古者耶？鍾嶸謂其原出於應璩，成何議論！

2. 敕陶孫

謝靈運（下）：前人評康樂詩謂「東海揚帆，風日流利」，此不甚
允，大約經營慘淡，鉤深索隱，而一歸自然，山水閒適，時遇理趣，
匠心獨運，少規往則。

3. 權德輿

謝靈運〈登池上樓〉：「池塘生春草」，偶然佳句，何必深求，權
德輿解為「王澤竭，候將變」，何句不可穿鑿耶。

4. 顏延之

湯惠休〈怨詩行〉：只一起便是絕倡，文通碧雲之句庶相擬。禪
寂人作情語，轉覺入微，微處亦可證禪也。顏延之謂惠休製作委巷
間歌謠耳。方當誤後生，豈因其近於艷耶。

5 .武陵陳胤倩

庾信：陳隋間人，但欲得名句耳，子山於琢句中，復饒清氣，故
能拔出於流俗中，所謂軒鶴立雞群者耶。子山詩固是一時作手，以造
句能新，使事無迹，比何水部似又過之，武陵陳胤倩謂「少陵不能青
出於藍，直是亦步亦趨」，則又太甚矣。

6. 鍾　惺

卷二漢詩　蘇武〈詩四首〉：首章別兄弟，次章別妻，三、四章
別友，非皆別李陵也，鍾竟陵具解作別陵，未必然。

參考書目

一、專 書

（一）主要參考書目

1. 《古詩源》，（清）沈德潛編，台北市：世界書局，1999 年 1 月二版。

2. 《古詩源箋注》·王蓴父箋注、劉鐵冷校刊，台北市：華正書局，民國 88 年 9 月版。

3. 《原詩》、《一瓢詩話》、《說詩晬語》合訂本，葉燮、薛雪、沈德潛著，霍松林校釋，北京市：人民文學出版社，1998 年 5 月。

4. 《說詩晬語詮評》，蘇文擢著，台北市：文史哲出版社，民國 74 年 10 月修訂再版。

5. 《沈德潛詩論探研》，胡幼峰著，台北市：學海出版社，民國 75 年 3 月初版。

6. 《清代詩學初探》，吳宏一撰，台北市：牧童出版社，民國 75 年修訂再版。

7. 《中國文學批評資料彙編》之八，吳宏一、葉慶炳主編，台北：國立編譯館，民國 67 年 9 月。

8. 《清代詩學研究》，張健著，北京市：北京大學出版社，1999 年 11 月第一版。

9. 《清代文學批評史》，鄔國平、王鎮遠著，上海：古籍出版社，1995 年 11 月。

10. 《清詩史》（上）（下），嚴迪昌著，台北市：五南出版社，1998 年，初版。

11. 《清代文學批評論集》，吳宏一著，台北市：聯經出版社，1998 年 6 月。

12. 《中國文學批評史》，郭紹虞著，台北：文史哲出版社，民國 77 年 4 月出版。

13. 《中國文學批評史》，羅根澤著，台北：學海出版社，民國 79 年 2 月再版。

14. 《己畦詩集》，葉燮著，《叢書集成續編》152 冊，台北：新文豐。

15. 《原詩》，葉燮著，《叢書集成續編》152 冊，台北：新文豐。

（二）其 他（按出版年代排列）

1. 《續歷代詩話》，丁福保著，台北市：藝文印書館。

2. 《清代七百名人傳》，《近代中國史料叢刊分類選集》，沈雲龍主編，文海出版社。

3. 《昭昧詹言》，方東樹著，台北：廣文書局，1962 年。

4. 《升庵詩話》，楊慎著，台北：台灣商務印書館，民國 55 年 6 月台一版。

5. 《鍾記室詩品箋》，古直著，台北：廣文書局，民國 57 年。

6. 《古今注》，崔豹注，台北：藝文印書館，1969 年。

7. 《清代文學評論史》：青木正兒著，陳淑女譯，台北市：台灣開明書店，民國 58 年 12 月初版。

8. 《詩比興箋》，陳沆著，台北：廣文書局，民國 59 年 10 月初版。

9. 《中國文學研究》，梁啓超著，台北：明倫出版社，民國 59 年 11 月。

10. 《詩話叢刊》，宏道公司編輯部，台北市：宏道文化事業，民國 60 年 3 月初版。

11. 《詩藪》，（明）胡應麟撰，台北市：廣文書局，民國 62 年 9 月初版。

12. 《兩漢樂府研究》，亓婷婷著，台北市：學海書局，民國 69 年 3 月初版。

13. 《清代詩話敘錄》，鄭靜若著，台北市：學生書局，民國 64 年 5 月初版。

14. 《清史大綱》，金兆豐著，台北市：學海出版社，民國 66 年 8 月二版。

15. 《清史》，蕭一山著，台北市：華岡出版社，民國 69 年 1 月新一版。

16. 《孔叢子注》，（漢）孔鮒撰，（宋）宋咸注，台北市：台灣商務，1981年。

17. 《先秦漢魏晉南北朝詩》，逯欽立輯校，台北市：木鐸出版社，民國72年。

18. 《明清文學批評》，張健著，台北市：國家出版社，民國72年1月。

19. 《漢魏六朝樂府文學史》，蕭滌非著，北京市：人民文學出版社，1984年3月第一版。

20. 《文心雕龍注釋》，周振甫著，台北：里仁書局，民國73年5月20日。

21. 《詩詞例話》，學海出版社編輯部，台北市：學海出版社，民國73年1月初版。

22. 《中國詩學》，劉若愚原著，杜國清中譯，台北市：幼獅文化，民國74年6月五版。

23. 《滄浪詩話校釋》，（宋）嚴羽著，郭紹虞校釋，台北市：里仁書局，民國76年4月1日。

24. 《義門讀書記》，何焯著，北京：中華書局，1987年。

25. 《歷代詩文要籍詳解》，金開誠、萬兆光著，北京：北京出版社，1988年。

26. 《藝概》，劉熙載著，台北：華正書局，民國77年9月版。

27. 《野鴻詩的》，黃子雲著，台北：新文豐，民國78年。

28. 《八代史詩》，葛曉音著，陝西：陝西人民出版社，1989年2月。

29. 《古典文藝美學論稿》，張勁康著，台北市：淑馨出版社，民1989年11月。

30. 《文選》，（梁）蕭統編，（唐）李善著，台北市：華正書局，民國79年9月。

31. 《中國文學批評的理論與實踐》，張雙英，台北市：國文天地雜誌社，民國79年10月初版。

32. 《香港地區中國文學批評研究》，陳國球編，台北市：學生書局，民國80年。

33. 《魏晉南北朝文學與思想學術研討會論文集》，台北市：文史哲出版社，民國80年8月初版。

34. 《明清文學史》，唐富齡編著，武昌：武漢大學出版社，1991年12月第一版。

35. 《古詩藝術探微》，葛曉音著，河北省：河北教育出版社，1992年1

月。

36. 《詩學十論》，沈秋雄著，台北市：文史哲出版社，民國 82 年 3 月
    初版。

37. 《兩漢詩歌研究》，趙敏俐著，台北市：文津出版社，民國 82 年 5
    月。

38. 《葉燮和原詩》，蔣凡著，台北市：萬卷樓出版社，民國 82 年 6 月。

39. 《歷代詩話論作家》，常振國、降雲編，台北市：黎明出版社，民國
    82 年 9 月。

40. 《翁方綱詩學之研究》，宋如珊撰，台北市：文津出版社，民國 82
    年 8 月初版。

41. 《中國古代文學十大主題－原型與流變》，王立，台北市：文史哲，
    民國 83 年。

42. 《清代詩歌發展史》，霍有明著，台北市：文津出版社，民國 83 年
    11 月初版。

43. 《漢唐文學的嬗變》，葛曉音，北京市：北京大學，1995 年 6 月。

44. 《中國詩歌史》，張建業著，台北市：文津出版社，民國 84 年 6 月
    初版。

45. 《中國詩學批評史》，陳良運著，江西：江西人民出版社，1995 年 7
    月第一版。

46. 《清詩流派史》，劉世南著，台北市：文津出版社，民 84 年 11 月初
    版。

47. 《中國詩學思想史》，蕭華榮著，上海：華東師範大學出版社，1996
    年 4 月第一版。

48. 《兩漢南北朝樂府鑑賞》，陳友冰著，台北市：五南出版社，民國 85
    年 5 月。

49. 《詩品注》，汪中選注，台北：正中書局，民國 86 年 2 月第十一次
    印行。

50. 《漢魏六朝詩選》，余冠英選注，北京市：人民文學出版社，1997 年
    6 月。

51. 《古詩解》，唐汝諤著，《四庫全書存目叢書》集部 370，台南縣：莊
    嚴出版社，1997 年。

52. 《唐詩、宋詩之爭研究》，戴文和著，台北市：文史哲出版社，民國
    86 年。

53. 《漢魏六朝文學新論》，梅家玲著，台北市：里仁書局，民國 86 年 4

月 15 日。

54. 《詩源辯體》,(明)許學夷著,杜維沫校點,北京市:人民文學出版社,1987 年 2 月北京一版。

55. 《樂府詩集》,郭茂倩編撰,台北市:里仁書局,民國 88 年 1 月 10 日。

56. 《詩話論風格》,林淑貞著,台北市:文津出版社,民國 88 年 7 月初版。

57. 《玉臺新詠箋注》,(陳)徐陵編,(清)吳兆宜注,程琰刪編,北京市:中華書局,1999 年 11 月。

58. 《漢樂府研究》,張永鑫著,江蘇省:江蘇古籍出版社,2000 年 1 月。

59. 《魏晉詩歌的審美觀照》,王立堅著,台北市:文津出版社,2000 年 1 月初版。

60. 《漢魏六朝詩講錄》,葉嘉瑩著,台北市:桂冠圖書公司,民國 89 年 2 月矯版。

61. 《金元明清詩詞理論史》,丁放著,合肥:安徽大學出版社,2000 年 2 月第一版。

62. 《清代詩學》,李世英、陳水云著,長沙:湖南人民出版社,2000 年 11 月第一版。

63. 《漢語詩體學》,陽仲儀、梁葆莉著,北京市:學院出版社,2000 年 12 月第一版。

64. 《中國古代詩體通論》,秦惠明著,武漢:華中科技大學出版社,2001 年 3 月第一版。

65. 《詩品注》,鍾嶸著,陳延傑注,北京市:人民文學出版社,2001 年 10 月第一版。

66. 《中國古代詩學原理》,吳建民著,北京市:人民文學出版社,2001 年 12 月第一版。

二、期刊及論文

(一)期　刊

1. 〈試論明清時期兩種詩學的對立與互補〉,殷滿堂、韓璽吾著,刊於《荊州師專學報》,1999 年第一期。

2. 〈沈德潛杜詩學述略〉,胡可先著,刊於《杜甫研究學刊》,1994 年第一期,總第 39 期。

3. 〈葉燮詩本論淺析〉,吳庭玉著,刊於《張家口師專學報》,1986 年

第 2 期 64 頁～76 頁。

4. 〈對葉燮詩歌創作論的思考〉，成復旺著，刊於《文學遺產》，1986年第 5 期 86 頁～94 頁。

5. 〈葉燮《原詩》的理論特色貢獻〉，蔣凡著，刊於《文學遺產》，1984年第 2 期 39 頁～46 頁。

6. 〈抒情延至說與情感表現說同異論〉，楊立民著，刊於《中國文學研究》，1996 年第 3 期頁 25～30g b。

（二）學位論文

1. 《沈德潛及其格調》，吳瑞泉著，台北：私立東吳大學中文系研究所碩士論文，民國 69 年 5 月。

2. 《沈德潛及其弟子詩論之研究》，林秀蓉著，高雄：國立高雄師範學院國文研究所碩士論文，民國 75 年 5 月。

3. 《盛唐王孟詩派美學研究》，潘麗珠著，台北：國立台灣師範大學國文研究所碩士論文，民國 76 年 5 月。

4. 《河嶽英靈集選詩研究》，柳惠英著，台北：台大中文研究所碩士論文，民國 87 年 12 月。

5. 《沈德潛唐詩別裁集之詩觀研究》，鄭佳倫著，桃園：中央大學中文研究所碩士論文，民國 89 年 5 月。